Fisch & Meeresfrüchte

Unwiderstehliche Rezeptideen mit Schritt-für-Schritt-Anleitungen

Parragon

Bath · New York · Singapore · Hong Kong · Cologne · Delhi · Melbourne

Layout: Terry Jeavons & Company

Übersetzung: Inga Brita-Thiele, Köln u.a.
Redaktion und Satz: trans texas publishing, Köln

ISBN 978-1-4075-7768-5
Printed in China

Sofern die Schale von Zitrusfrüchten benötigt wird, verwenden Sie unbedingt unbehandelte Früchte.
Sind Zutaten in Löffeln angegeben, ist immer ein gestrichener Löffel gemeint: Ein Teelöffel entspricht 5 ml, ein Esslöffel 15 ml.
Sofern nicht anders angegeben, wird Vollmilch (3,5 % Fett) verwendet.
Es sollte stets frisch gemahlener schwarzer Pfeffer verwendet werden.
Bei Eiern und einzelnen Gemüsesorten, z. B. Kartoffeln, verwenden Sie mittelgroße Exemplare.
Kinder, ältere Menschen, Schwangere, Kranke und Rekonvaleszenten sollten auf Gerichte mit rohen oder nur leicht gegarten Eiern verzichten.
Die angegebenen Zeiten können von den tatsächlichen leicht abweichen, da je nach verwendeter Zubereitungsmethode und vorhandenem Herdtyp Schwankungen auftreten.

Fisch & Meeresfrüchte

Einleitung

Fisch und Meeresfrüchte haben so viele gute Eigenschaften, dass man gar nicht weiß, welche man zuerst nennen soll!

Fisch und Meeresfrüchte sind erstklassige Nahrungsmittel für alle Gesundheitsbewussten. Sie enthalten hochwertige Proteine und sind salzarm. Sie haben viele Vitamine, darunter die Vitamine A und D in Fettfischen und einige der B-Gruppe, ebenso wie eine Reihe wichtiger Mineralien wie Eisen, Fluor, Jod, Kalium, Kalzium, Kupfer, Magnesium, Mangan, Natrium, Phosphor, Selen und Zink. Weißfleischiger Fisch ist besonders fettarm, und das Fett in Fettfischen wie Heilbutt, Schwertfisch, Lachs oder Thunfisch hat einen hohen Anteil mehrfach ungesättigter Fettsäuren, die sogenannten Omega-3-Fettsäuren. Diese sind lebensnotwendig für den Menschen; sie können vom Körper nicht gebildet werden und wirken sich positiv auf Blutdruck und Blutfettwerte aus und schützen vor Arterienverkalkung und Herzerkrankungen.

Omega-3-Fettsäuren sollen auch vor Brust-, Prostata- und Dickdarmkrebs schützen und Entzündungen bei rheumatischer Arthritis lindern. Sie verbessern sogar die Hirnfunktion, senken das Risiko für eine Alzheimer-Erkrankung und werden bei Depressionen eingesetzt.

Fisch und Meeresfrüchte sind das perfekte moderne Nahrungsmittel: Sie sind schnell und einfach in der Zubereitung, gleichzeitig kalorienarm, nahrhaft und schmecken auch noch hervorragend. Die Auswahl an Fisch- und Meeresfrüchtesorten ist riesengroß, und nicht minder vielseitig sind die Zubereitungsweisen. Fisch und Meeresfrüchte können ganz einfach gegart werden – gebacken, gebraten, gedünstet, gegrillt oder frittiert – oder in Risottos, Paellas,

Pastagerichten, Suppen, Eintöpfen, Pasteten und Aufläufen verarbeitet werden … die Möglichkeiten scheinen endlos.

Egal, ob Sie Fisch und Meeresfrüchte essen, weil sie so gesund sind oder weil sie Ihnen einfach nur gut schmecken: In diesem Band finden Sie tolle Rezepte für jede Gelegenheit.

Suppen, Vorspeisen & Snacks

Aufgrund unserer Lebensgewohnheiten bevorzugen wir heutzutage gerne leichte Speisen. Suppen sind als Auftakt eines Menüs immer eine gute Wahl: Eine cremige *Bretonische Fischsuppe* zum Beispiel enthüllt die ganze Raffinesse französischer Kochkunst, die *Mexikanische Fischsuppe* weckt alle Sinne, und die *Thailändische Seafood Soup* ist elegant und doch im Handumdrehen zubereitet.

Spanische Tapas erfreuen sich immer größerer Beliebtheit. In diesem Kapitel finden Sie eine kleine Auswahl der köstlichen Appetithäppchen wie *Lachs in Mojo-Sauce*, *Kabeljau-Kapern-Kroketten*, *Thunfisch mit gefüllten Oliven*, *Muscheln mit Kräuterbutter*, *Garnelen mit Limetten* oder *Calamares*. Auch japanisches Sushi ist mittlerweile in aller Munde. Wenn Sie Sushi noch nie selbst zubereitet haben, sind unsere einfachen Rezepte wie *Gepresstes Sushi mit Thunfisch und Bohnen* und *Sushi-Schale mit Garnelen, Krebs und Avocado* genau das Richtige für Sie.

Wenn Sie Ihre Gäste beeindrucken möchten, servieren Sie *Lachstatar mit Frischkäsehaube* oder *Gravad Lax*, zwei Gerichte, bei denen der Fisch langsam gebeizt wird, *Krebsfleisch-Terrine*, einen *Krabbencocktail* oder russische *Blini*, Buchweizenpfannkuchen mit einem Löffel Sauerrahm und Räucherlachs. Köstlich!

Bretonische Fischsuppe

Zutaten

FÜR 4 PERSONEN

2 EL Butter
1 Porreestange, in dünnen Ringen
2 Schalotten, fein gehackt
120 ml trockener Cidre (brut)
300 ml Fischfond
250 g Kartoffeln, gewürfelt
1 Lorbeerblatt
Salz und Pfeffer
4 EL Mehl
200 ml Milch
200 g Crème double
50 g Sauerampferblätter
350 g Weißfischfilet ohne Haut, z. B. Kabeljau oder Seeteufel, in 2,5 cm großen Stücken

Zubereitung

1 Die Butter in einem großen Topf bei mittlerer Hitze zerlassen. Porree und Schalotten darin 5 Minuten unter Rühren weich dünsten. Cidre zugießen und aufkochen.

2 Fond, Kartoffeln und Lorbeerblatt zugeben. Nach Geschmack salzen und pfeffern. Aufkochen, die Hitze reduzieren, die Suppe abdecken und 10 Minuten köcheln.

3 Inzwischen das Mehl in einer Schüssel mit etwas Milch zu einer dicken Paste verrühren. Weitere Milch unter Rühren zufügen, bis eine glatte Masse entsteht.

4 Das angerührte Mehl in die Suppe geben und unter ständigem Rühren 5 Minuten köcheln. Die restliche Milch und die Hälfte der Crème double unterrühren. Weitere 10 Minuten köcheln.

5 Den Sauerampfer fein hacken und mit der restlichen Crème double vermengen.

6 Die Sauerampfercreme in die Suppe rühren und den Fisch zugeben. Unter gelegentlichem Rühren 3 Minuten köcheln, bis der Seeteufel fest wird oder der Kabeljau zu zerfallen beginnt. Die fertige Suppe abschmecken und auf vorgewärmte Teller füllen.

Kabeljau-Süßkartoffel-Suppe

Zutaten

FÜR 4 PERSONEN

4 EL Zitronensaft
1 rote Chili, entkernt und in feinen Ringen
1 Prise Muskatnuss
250 g Kabeljaufilet ohne Haut
1 EL Pflanzenöl
1 Zwiebel, gehackt
4 Frühlingszwiebeln, gehackt
2 Knoblauchzehen, gehackt
500 g Süßkartoffeln, gewürfelt
1 l Gemüsebrühe
Salz und Pfeffer
1 Karotte, in Scheiben
150 g Weißkohl, in Streifen
2 Selleriestangen, in Ringen
knuspriges Brot, zum Servieren

Zubereitung

1 Zitronensaft, Chili und Muskatnuss in einer flachen, nicht metallenen Schüssel vermengen. Den Kabeljau grob würfeln, in die Marinade geben und gründlich darin wenden. Mit Frischhaltefolie abgedeckt 30 Minuten im Kühlschrank marinieren.

2 Das Öl in einem großen Topf auf mittlerer Stufe erhitzen. Zwiebel und Frühlingszwiebeln darin unter Rühren 4 Minuten andünsten. Den Knoblauch zugeben und unter Rühren weitere 2 Minuten mitdünsten.

3 Süßkartoffeln, Brühe, Salz und Pfeffer zugeben. Aufkochen, dann bei reduzierter Hitze zugedeckt 10 Minuten köcheln lassen. Karotte, Kohl und Sellerie zugeben, abschmecken und weitere 8–10 Minuten köcheln lassen.

4 Die Suppe etwas abkühlen lassen, dann in der Küchenmaschine, gegebenenfalls portionsweise, pürieren. Zurück in den Topf geben, den Fisch mit der Marinade zugeben, kurz aufkochen, dann bei reduzierter Hitze 10 Minuten köcheln lassen. Die Suppe in tiefe Teller füllen und mit knusprigem Brot servieren.

Mexikanische Fischsuppe

Zutaten

FÜR 4 PERSONEN

5 sehr reife Tomaten
5 Knoblauchzehen mit Schale
1 l Fischfond
500 g Filet vom Red Snapper oder Rotbarsch ohne Haut, in Stücken
2–3 EL natives Olivenöl extra
1 Zwiebel, gehackt
2 Chillies, entkernt und in dünnen Ringen
Limettenspalten, zum Servieren

Zubereitung

1 Eine Pfanne ohne Fett erhitzen, die Tomaten und Knoblauchzehen unter häufigem Rühren 10–15 Minuten rösten, bis die Schalen schwarz werden und das Gemüse zu garen beginnt. Alternativ Tomaten und Knoblauch unter einem vorgeheizten Grill oder in einer Grillschale 40 Minuten bei 190–200 °C im vorgeheizten Backofen rösten.

2 Abkühlen lassen. Dann die Knoblauchzehen und die Tomaten schälen, die Tomaten grob hacken und mit dem beim Rösten ausgetretenen Saft beiseitestellen.

3 Den Fond bei mittlerer Hitze zum Köcheln bringen, die Fischstücke zufügen und pochieren, bis das Fleisch hell und fest ist. Vom Herd nehmen und beiseitestellen.

4 Das Öl in einer Pfanne erhitzen, die Zwiebel darin unter häufigem Rühren 5 Minuten dünsten. Abgekühlten Fond, Tomaten und Knoblauchzehen zugeben und gut verrühren.

5 Die Suppe zum Kochen bringen, die Hitze reduzieren und 5 Minuten köcheln. Dann die Chillies zugeben.

6 Die Fischstücke auf Suppenteller verteilen, mit der heißen Suppe übergießen und mit Limettenspalten zum Darüberträufeln servieren.

Thailändische Seafood Soup

Zutaten

FÜR 4 PERSONEN

1 l Fischfond
Saft von 1/2 Limette
2 EL Reiswein oder Sherry
1 Porreestange, in Ringen
2 Schalotten, fein gehackt
1 EL frisch geriebener Ingwer
1 rote Chili, entkernt und fein gehackt
220 g rohe Garnelen, ausgelöst
220 g Jakobsmuscheln, ausgelöst und abgespült
1 1/2 EL frisch gehackte glatte Petersilie, plus etwas mehr zum Garnieren
Salz und Pfeffer

Zubereitung

1 Fond, Limettensaft, Reiswein oder Sherry, Porree, Schalotten, Ingwer und Chili in einem großen Topf bei starker Hitze aufkochen. Bei reduzierter Hitze zugedeckt 10 Minuten köcheln.

2 Garnelen, Muscheln und Petersilie zugeben, mit Salz und Pfeffer abschmecken und 1–2 Minuten kochen.

3 Den Topf vom Herd nehmen und die Suppe in vorgewärmte Suppenschalen geben. Mit gehackter Petersilie garniert servieren.

Maissuppe mit Krebsfleisch

Zutaten

FÜR 4 PERSONEN

110 g Krebsfleisch, frisch oder tiefgefroren
425 g Mais aus der Dose, abgegossen
6 EL Schlagsahne
600 ml Wasser
½ TL Salz
1 Prise Pfeffer
2 TL Speisestärke, aufgelöst in 2 EL Wasser (nach Belieben)
1 Ei, verquirlt

Zubereitung

1 Tiefgefrorenes Krebsfleisch 30 Sekunden in kochendem Wasser blanchieren. Mit einem Schaumlöffel herausnehmen und beiseitestellen. Den Mais mit der Sahne in einer Schüssel zu einem groben Püree zerstampfen. Falls nötig, etwas mehr Sahne zugeben.

2 Wasser, Krebsfleisch und Maispüree in einem großen Topf zum Kochen bringen und 2 Minuten köcheln lassen. Mit Salz und Pfeffer abschmecken. Nun die Speisestärke, falls verwendet, einrühren. Unter Rühren weiterköcheln lassen, bis die Suppe eindickt. Das Ei zügig unterheben. Sofort servieren.

Lachstatar mit Frischkäsehaube

Zutaten

FÜR 4 PERSONEN

500 g Lachsfilet ohne Haut
2 EL Meersalz
1 EL Zucker
2 EL frisch gehackter Dill, plus einige Zweige zum Garnieren
1 EL frisch gehackter Estragon
1 TL Dijon-Senf
Saft von 1 Zitrone
Salz und Pfeffer

Belag

400 g Frischkäse
1 EL frisch gehackter Schnittlauch
1 Prise Paprikapulver

Zubereitung

1 Den Lachs in eine flache, nicht metallene Form legen. Meersalz, Zucker und gehackten Dill in einer Schüssel vermengen und den Fisch gut damit einreiben. Nach Geschmack pfeffern. Mit Frischhaltefolie abgedeckt mindestens 48 Stunden in den Kühlschrank stellen. Den Lachs in dieser Zeit einmal wenden.

2 Den Estragon mit Senf, Zitronensaft sowie Salz und Pfeffer nach Geschmack in eine Schüssel geben. Den Lachs aus dem Kühlschrank nehmen, fein hacken, dann in die Schüssel geben und alles gut vermengen.

3 Die Zutaten für den Belag in einer anderen Schüssel gut mischen. Auf vier kleine Servierteller je einen Backring aus Stahl oder eine runde Plätzchenform von 10 cm Durchmesser setzen. Das Lachstatar in die Ringe verteilen, sodass sie jeweils zur Hälfte gefüllt sind. Die Oberfläche glätten und die Ringe mit der Frischkäsemischung auffüllen. Glatt streichen, dann die Ringe vorsichtig entfernen. Das Tatar mit Dillzweigen garniert servieren.

Gravad Lax

Zutaten

FÜR 8–12 PERSONEN

2 Lachsfilets mit Haut à 450 g
6 EL frisch gehackter Dill
110 g Meersalz
50 g Zucker
1 EL weiße Pfefferkörner, grob zerstoßen
12 Scheiben Graubrot, mit Butter bestrichen, zum Servieren

Garnierung

Zitronenscheiben
frische Dillzweige

Zubereitung

1 Den Lachs unter fließend kaltem Wasser abwaschen und mit Küchenpapier trocken tupfen. Ein Filet mit der Hautseite nach unten in eine nicht metallene Schale legen.

2 Dill, Salz, Zucker und Pfeffer in einer kleinen Schale mischen. Auf das erste Filet geben, dann das zweite Filet mit der Hautseite nach oben darauflegen. Die Filets mit einem ausreichend großen Teller abdecken und den Teller mit einem Gewicht beschweren (z. B. Konservendosen).

3 Die Filets 2 Tage kalt stellen, dabei alle 12 Stunden wenden und mit der austretenden Flüssigkeit bestreichen.

4 Den Lachs aus der Lake nehmen und wie Räucherlachs dünn aufschneiden, ohne dabei die Haut mit aufzuschneiden. Die mit Butter bestrichenen Brote in Dreiecke schneiden. Den Lachs mit Zitronenscheiben und Dill garnieren und mit den Brotstücken servieren.

Lachs in Mojo-Sauce

Zutaten

FÜR 8 PERSONEN

4 frische Lachsfilets (insgesamt 750 g)

Salz und Pfeffer

3 EL Olivenöl

1 frischer Zweig glatte Petersilie, zum Garnieren

Mojo-Sauce

2 Knoblauchzehen

2 TL Paprikapulver

1 TL gemahlener Kreuzkümmel

5 EL natives Olivenöl extra

2 EL Weißweinessig

Salz

Zubereitung

1 Für die Sauce Knoblauch, Paprikapulver und Kreuzkümmel im Mixer 1 Minute sehr fein hacken und gut mischen. Bei laufendem Gerät 1 Esslöffel Olivenöl tropfenweise zugeben, danach das Gerät ausschalten und die Masse von den Wänden herunterschaben. Wieder bei laufendem Gerät das restliche Öl in einem dünnen gleichmäßigen Strahl zugießen und zu einer sämigen Sauce verarbeiten. Den Essig zugeben und 1 Minute untermischen. Die Sauce mit Salz abschmecken.

2 Die Lachsfilets jeweils quer halbieren und dann längs in 2 cm dicke Stücke schneiden, restliche Gräten entfernen. Die Fischstücke mit Salz und Pfeffer würzen.

3 Das Olivenöl in einer gusseisernen Pfanne erhitzen. Die Fischstücke darin unter gelegentlichem Wenden je nach Dicke 10 Minuten bräunen.

4 Auf einer vorgewärmten Platte anrichten, mit etwas Mojo-Sauce beträufeln und mit Petersilie garniert heiß servieren. Dazu die restliche Sauce in einer kleinen Schale reichen.

Lachs-Garnelen-Röllchen mit Pflaumensauce

Zutaten

FÜR 4 PERSONEN

125 g Lachsfilet, gehäutet, in 3 mm große Würfel geschnitten
60 g Bohnensprossen
60 g Chinakohl, fein geschnitten
$1\frac{1}{2}$ EL fein gehackte Frühlingszwiebel
60 g rote Paprika, in sehr feinen Streifen
$\frac{1}{4}$ TL Fünf-Gewürze-Pulver
60 g gekochte Garnelen, ausgelöst
4 Teigblätter für Frühlingsrollen, halbiert
Backspray
$\frac{1}{4}$ TL Sesamsaat

Pflaumensauce

100 ml Wasser
50 ml Orangensaft
$\frac{1}{4}$ TL gehackte rote Chili
1 TL frisch geriebener Ingwer
200 g rote Pflaumen, entsteint
1 TL gehackte Frühlingszwiebel
1 TL frisch gehackter Koriander
$\frac{1}{4}$ TL Sesamöl

Zubereitung

1 Für die Sauce Wasser, Orangensaft, Chili, Ingwer und Pflaumen in einen Topf geben und zum Kochen bringen. Die Hitze reduzieren und bei geschlossenem Deckel 10 Minuten köcheln lassen. Den Topf vom Herd nehmen und die Zutaten mit einem Pürierstab oder im Mixer pürieren. Frühlingszwiebel, Koriander und Sesamöl unterrühren. Abkühlen lassen.

2 Einen beschichteten Wok oder eine Pfanne stark erhitzen und die Lachswürfel 1 Minute unter Rühren braten. Den Lachs mit einem Schaumlöffel aus dem Wok nehmen und auf einen Teller geben. Gemüse und Fünf-Gewürze-Pulver zum Bratensaft in den Wok geben und unter Rühren knackig gar braten. In einem Sieb abtropfen lassen. Das Gemüse in einer Schüssel mit Lachs und Garnelen vermengen. Die Masse sollte relativ trocken sein, damit die Röllchen nicht aufweichen.

3 Die Masse auf je einer kurzen Seite der Teigblätter verteilen und die Teigblätter aufrollen, dabei die Ränder einschlagen.

4 Die Röllchen auf ein beschichtetes Backblech legen und leicht mit dem Backspray besprühen. Mit dem Sesam bestreuen und im vorgeheizten Ofen 12–15 Minuten goldbraun backen. Die Pflaumensauce separat zu den Röllchen reichen.

Kabeljau-Kapern-Kroketten

Zutaten

ERGIBT 12 STÜCK

350 g Kabeljau-, Schellfisch- oder Seeteufelfilet
300 ml Milch
Salz und Pfeffer
4 EL Olivenöl oder 50 g Butter
3 EL Mehl
4 EL Kapern, grob gehackt
1 TL Paprikapulver
1 Knoblauchzehe, zerdrückt
1 TL Zitronensaft
3 EL frisch gehackte glatte Petersilie, plus Petersilienzweige zum Garnieren
1 Ei, verquirlt
100 g frische Semmelbrösel
1 EL Sesamsaat
Maiskeimöl, zum Frittieren
Zitronenspalten, zum Garnieren
Mayonnaise, zum Servieren

Zubereitung

1 Das Fischfilet in eine Pfanne geben. Die Milch zugießen und mit Salz und Pfeffer würzen. Aufkochen, dann die Hitze reduzieren und abgedeckt 10 Minuten köcheln lassen. Den Fisch herausnehmen. Die Milch in einen Krug füllen und beiseitestellen. Den Fisch in kleine Stücke zupfen, eventuelle Gräten entfernen.

2 Olivenöl oder Butter erhitzen. Das Mehl einrühren und unter Rühren anschwitzen. Vom Herd nehmen und nach und nach die Milch einrühren. Wieder auf den Herd stellen und unter Rühren aufkochen und eindicken lassen.

3 Vom Herd nehmen, den Fisch zugeben und zu einer glatten Masse verrühren. Kapern, Paprikapulver, Knoblauch, Zitronensaft und Petersilie untermischen. Salzen und pfeffern. In eine Auflaufform streichen und abkühlen lassen. Abgedeckt mindestens 2–3 Stunden kalt stellen.

4 Das Ei auf einen Teller geben. Semmelbrösel und Sesam auf einem zweiten Teller mischen. Die Fischmasse in 12 Portionen teilen und zu etwa 7,5 cm langen Rollen formen. Die Kroketten einzeln in das Ei tauchen und in der Bröselmischung panieren. Auf einen Teller legen und 1 Stunde kalt stellen.

5 Maisöl in einer Fritteuse auf 180–190 °C erhitzen. Die Kroketten portionsweise im heißen Öl 3 Minuten knusprig und goldbraun frittieren. Auf Küchenpapier abtropfen lassen. Heiß mit Zitronenspalten und Mayonnaise servieren.

Fischküchlein

Zutaten

FÜR 4 PERSONEN

450 g Weißfischfilet, ohne Haut und in Würfeln
1 Eiweiß
2 Kaffir-Limettenblätter, grob gezupft
1 EL grüne Currypaste
60 g grüne Bohnen, fein gehackt
1 frische rote Chili, entkernt und fein gehackt
1 Bund frischer Koriander, gehackt
Pflanzen- oder Erdnussöl, zum Ausbacken
1 frische grüne Chili, entkernt, in Ringen, zum Servieren

Dip

100 g Zucker
50 ml Weißweinessig
1 kleine Karotte, in feinen Stiften
5-cm-Stück Gurke, geschält, entkernt, in feinen Stiften

Zubereitung

1 Fisch mit Eiweiß, Limettenblättern und Currypaste in der Küchenmaschine zu einer glatten Mischung verarbeiten. Diese in eine Schüssel geben und Bohnen, rote Chili und Koriander unterrühren.

2 Aus der Mischung mit angefeuchteten Händen abgeflachte Küchlein (ca. 5 cm Ø) formen. In einer Lage auf einen großen Teller legen und mit Frischhaltefolie abgedeckt 30 Minuten kalt stellen.

3 In der Zwischenzeit für den Dip den Zucker mit 1 1/2 Esslöffeln Wasser und dem Essig in einen Topf geben und unter Rühren vorsichtig erhitzen, bis der Zucker ganz aufgelöst ist. Karotte und Gurke untermengen, vom Herd nehmen und abkühlen lassen.

4 Das Öl in einer Pfanne erhitzen und die Fischküchlein darin portionsweise von beiden Seiten goldbraun ausbacken. Auf Küchenpapier abtropfen lassen und warm stellen, bis alle Küchlein gegart sind. Den Dip, falls gewünscht, noch einmal erwärmen. Fischküchlein mit Chiliringen garnieren und noch heiß mit dem Dip servieren.

Thunfisch mit gefüllten Oliven

Zutaten

FÜR 6 PERSONEN

2 frische Thunfischsteaks (à 250 g, 2,5 cm dick)
3 EL Rotweinessig
5 EL Olivenöl
4 frische Thymianzweige, plus etwas mehr zum Garnieren
1 Lorbeerblatt
Salz und Pfeffer
2 EL Mehl
1 Zwiebel, fein gehackt
2 Knoblauchzehen, fein gehackt
75 g grüne Oliven mit Paprikafüllung, in Scheiben geschnitten
Baguette, zum Servieren

Zubereitung

1 Am Vortag die Thunfischsteaks marinieren. Dafür die Steaks entlang der Faser halbieren. Jede Hälfte quer zur Faser in 1 cm dicke Scheiben schneiden.

2 Essig und 3 Esslöffel Olivenöl in eine flache Schüssel geben. Thymianblätter von den Zweigen abzupfen und mit dem Lorbeerblatt sowie Salz und Pfeffer in die Schüssel geben. Den vorbereiteten Thunfisch zufügen und abgedeckt über Nacht im Kühlschrank marinieren.

3 Am nächsten Tag Mehl in einen Gefrierbeutel geben. Den Thunfisch aus der Marinade nehmen (die Marinade aufbewahren), in den Beutel geben und durch Schütteln dünn mit Mehl überziehen.

4 Das restliche Olivenöl in einer gusseisernen Pfanne erhitzen. Zwiebel und Knoblauch darin 5–10 Minuten glasig dünsten und leicht bräunen. Den Thunfisch in die Pfanne geben und unter mehrmaligem Wenden 2–5 Minuten braten, bis er seine Farbe verändert. Oliven und die aufbewahrte Marinade zufügen und 1–2 Minuten unter Rühren köcheln lassen, bis der Fisch gar und die Sauce eingedickt ist.

5 Sehr heiß mit frischen Thymianzweigen garniert servieren. Dazu Baguette zum Auftunken der Sauce reichen.

Gepresstes Sushi mit Thunfisch und Bohnen

Zutaten

ERGIBT 15 STÜCK

200 g Thunfisch in Sushi-Qualität oder 1 Thunfischstück à 200 g, in dünnen Scheiben
2 EL Teriyaki-Sauce
1 EL Öl
10 grüne Bohnen, halbiert
Öl, zum Einfetten
1 TL geröstete Sesamsaat
frisch gekochter Sushi-Reis (zubereitet aus 125 g Sushi-Reis und 160 ml Wasser, gekocht mit ½ Kombu-Blatt und anschließend mit 1 EL Sushi-Gewürz abgeschmeckt)
2 EL japanische Mayonnaise

Zum Servieren

eingelegter Ingwer
Wasabi

Zubereitung

1 Die Thunfischstücke in der Teriyaki-Sauce wenden und in einer Pfanne von beiden Seiten je 1 Minute in dem Öl braten. Die Bohnen in Wasser 10 Minuten kochen, unter fließend kaltem Wasser abschrecken und abtropfen lassen.

2 Ein Oshi waku oder eine quadratische Form (18 cm Seitenlänge) mit herausnehmbarem Boden einfetten und großzügig mit Frischhaltefolie auslegen, sodass die Folie an den Rändern überhängt. Dadurch lässt sich das fertige Sushi leichter abheben. Die Frischhaltefolie mit Öl bestreichen und die Sesamsaat daraufstreuen. Eine 3 cm dicke Schicht Reis in der Form verteilen. Mayonnaise auf dem Reis verstreichen. Thunfisch und Bohnen in Streifen abwechselnd diagonal auf dem Reis auslegen. Die Sushi-Masse mit einem Stück Frischhaltefolie abdecken, eine zweite Form daraufstellen und z. B. mit Konserven beschweren, um alles zusammenzudrücken.

3 Das Sushi etwa 15 Minuten kalt stellen. Die Gewichte und die zweite Form entfernen und das Sushi herausheben. Mit einem angefeuchteten, scharfen Messer in ungefähr 15 Stücke schneiden. Mit eingelegtem Ingwer und Wasabi servieren.

Sushi-Schale mit Garnelen, Krebs und Avocado

Zutaten

FÜR 4 PERSONEN

6 große rohe Garnelen, ausgelöst, aber mit Schwanzenden
1 EL Öl
1 gekochter, küchenfertiger Krebs
1 Portion frisch zubereiteter Sushi-Reis (siehe S. 32)
Saft und abgeriebene Schale von 1 Zitrone
1 reife Avocado, in Scheiben
1/2 Gurke, geschält und in Scheiben

Zubereitung

1 Die Garnelen von jeder Seite 2 Minuten im Öl gar braten. Abkühlen lassen und längs halbieren. Das Krebsfleisch aus der Schale lösen.

2 Den Sushi-Reis mit Zitronensaft und -schale vermischen.

3 Den Reis auf 4 Schalen verteilen – die Füllhöhe sollte etwa 2 cm betragen. Garnelen, Krebsfleisch, Avocado und Gurke auf dem Reis anrichten.

Meeresfrüchte-Tempura

Zutaten

FÜR 4 PERSONEN

8 große rohe Garnelen, ausgelöst
8 Tintenfischringe
150 g Tempura-Fertigteigmischung
4 Jakobsmuscheln, ausgelöst und abgespült
200 g festes Weißfischfilet, in Streifen
Öl, zum Frittieren
einige Tropfen Sesamöl
Zitronenspalten, zum Garnieren
japanische Sojasauce (Shoyu), zum Servieren

Zubereitung

1 Die Garnelen an der Unterseite mehrmals leicht einschneiden, damit sie sich beim Garen nicht einrollen. Die Tintenfischringe häuten.

2 Die Tempura-Mischung nach Packungsangabe mit Wasser zu einem klumpigen Teig voller Luftblasen verrühren. Den Teig nicht glatt rühren, da er sonst zu schwer wird, und sofort verarbeiten. Alle Meeresfrüchte und den Fisch in den Teig geben.

3 Das Öl in einer Pfanne auf 180–190 °C erhitzen. Das Öl ist heiß genug, wenn ein Brotwürfel darin in 30 Sekunden braun wird. Einige Tropfen Sesamöl zufügen.

4 Jeweils 2–3 Tempura-Stücke in das Öl geben (werden zu viele Stücke gleichzeitig frittiert, sinkt die Öltemperatur, und der Teig wird nicht knusprig). Sobald die Tempura-Stücke nach 2–3 Minuten eine sehr helle Goldfärbung annehmen, die Stücke mit einem Schaumlöffel herausheben und gut abtropfen lassen. 30 Sekunden auf Küchenpapier legen, um überschüssiges Öl aufzusaugen. Dieses Gericht wird sehr heiß, mit Zitronenspalten garniert und mit japanischer Sojasauce zum Dippen, serviert.

Muscheln mit Kräuterbutter

Zutaten

FÜR 8 PERSONEN

800 g Miesmuscheln
etwas trockener Weißwein
1 Lorbeerblatt
80 g Butter
30 g frische Semmelbrösel (Weiß- oder Graubrot)
4 EL frisch gehackte glatte Petersilie, plus einige Zweige zum Garnieren
2 EL frische Schnittlauchröllchen
2 Knoblauchzehen, fein gehackt
Salz und Pfeffer
Zitronenspalten, zum Servieren

Zubereitung

1 Den Ofen auf 230 °C vorheizen. Die Muscheln gründlich abbürsten und die Bartfäden entfernen. Beschädigte Muscheln und solche, die sich beim Antippen nicht schließen, wegwerfen. Muscheln in ein Sieb geben und gut mit kaltem Wasser abspülen.

2 Die Muscheln in einen großen Topf geben, etwas Wein und das Lorbeerblatt hinzufügen. Den Topf bedecken und die Muscheln bei großer Hitze 3–4 Minuten kochen, bis sie sich geöffnet haben. Dabei den Topf gelegentlich rütteln. Die Muscheln in ein Sieb schütten. Muscheln, die geschlossen bleiben, wegwerfen.

3 Das Muschelfleisch aus den Schalen lösen, eine Schalenhälfte aufheben. Je eine Muschel in eine Schale geben und alle Schalen in eine große, flache Auflaufform setzen.

4 Die Butter in einem Topf zerlassen und in eine Schüssel geben. Semmelbrösel, Petersilie, Schnittlauch und Knoblauch zugeben. Mit Salz und Pfeffer würzen und alles gut mischen. Kurz stehen lassen, bis die Butter wieder etwas fest geworden ist. Die Kräuter-Butter-Mischung auf die Muscheln geben und gut andrücken. Die Muscheln 10 Minuten oder so lange im Ofen backen, bis sie heiß sind. Sofort mit Petersilienzweigen garnieren und mit Zitronenspalten zum Beträufeln servieren.

Krebsfleisch-Terrine

Zutaten

FÜR 4–6 PERSONEN

1 großer gekochter Krebs
Salz und Pfeffer
1 Prise frisch geriebene Muskatnuss
2 Prisen Cayennepfeffer oder Muskatblüte
Saft von 1 Zitrone (oder nach Geschmack)
220 g leicht gesalzene Butter

Zum Servieren

Toastscheiben, mit Butter bestrichen
Zitronenspalten

Zubereitung

1 Das gesamte weiße und braune Krebsfleisch sorgfältig auslösen, vor allem auch aus den Scheren. Weißes und braunes Fleisch in einer Schüssel mischen, aber nicht zu stark zerkleinern. Mit Salz und Pfeffer, geriebener Muskatnuss, Cayennepfeffer oder Muskatblüte und Zitronensaft kräftig abschmecken.

2 Die Hälfte der Butter in einer Stielkasserolle bei mittlerer Hitze zerlassen und das Krebsfleisch gut unterrühren. Die Mischung in 4–6 kleine Soufflé- oder Ramequin-Formen füllen.

3 Die übrige Butter in einem sauberen Topf bei mittlerer Hitze zerlassen und kurz weiterköcheln, bis sie nicht mehr schäumt. Sobald sich die festen Bestandteile am Topfboden abgesetzt haben, die geklärte Butter über das Krebsfleisch gießen. Die Formen abdecken und 1–2 Stunden kalt stellen. Mit dem Toast und Zitronenspalten servieren. Unter der Butterschicht hält sich das Krebsfleisch im Kühlschrank 1–2 Tage.

Karibische Krebstaler

Zutaten

ERGIBT 16 STÜCK

1 Kartoffel, in Stücken
1 Prise Salz
4 Frühlingszwiebeln, gehackt
1 Knoblauchzehe, gehackt
1 EL frisch gehackter Thymian
1 EL frisch gehacktes Basilikum
1 EL frisch gehackter Koriander
220 g weißes Krebsfleisch aus der Dose, abgetropft
1/2 TL Dijon-Senf
1/2 grüne Chili, entkernt und fein gehackt
1 Ei, leicht verquirlt
Pfeffer
Mehl, zum Bestäuben
Sonnenblumenöl, zum Ausbacken
Limettenspalten, zum Garnieren
Dip oder Salsa, zum Servieren (nach Belieben)

Zubereitung

1 Die Kartoffelstücke in einen kleinen Topf geben, mit Wasser bedecken, salzen und zum Kochen bringen. Bei niedriger Hitze 10–15 Minuten weich kochen. Gut abtropfen lassen, in eine große Schüssel geben und mit einer Gabel zerdrücken.

2 Inzwischen Frühlingszwiebeln, Knoblauch und Kräuter in einem Mörser fein verreiben. Die Kräuterpaste zur zerdrückten Kartoffel geben und Krebsfleisch, Senf, Chili sowie Ei zufügen. Nach Geschmack pfeffern. Gut mischen, mit Frischhaltefolie abdecken und 30 Minuten kalt stellen.

3 Etwas Mehl auf einen flachen Teller geben. Mit einem Esslöffel kleine Portionen der Krebsfleischmasse abstechen und mit den Händen zu 16 Bällchen formen, dann leicht flach drücken. Im Mehl wenden, überschüssiges Mehl abklopfen. Das Öl in einer großen gusseisernen Pfanne stark erhitzen, die Krebsbällchen portionsweise darin von jeder Seite 2–3 Minuten goldbraun backen. Aus der Pfanne nehmen und auf Küchenpapier abtropfen lassen. Auf Zimmertemperatur abkühlen lassen.

4 Die Krebstaler auf einer Servierplatte anrichten und mit den Limettenspalten garnieren. Mit einem Dip oder einer Salsa Ihrer Wahl servieren.

Krabbencocktail

Zutaten

FÜR 4 PERSONEN

1/2 Kopf Eisbergsalat, in feinen Streifen
150 ml Mayonnaise
2 EL Sahne
2 EL Tomatenketchup
einige Tropfen Tabasco (nach Geschmack)
Saft von 1/2 Zitrone (nach Geschmack)
Salz und Pfeffer
180 g gekochte kleine Garnelen, ausgelöst
dünn geschnittene Schwarzbrotscheiben, mit Butter bestrichen, zum Servieren

Zum Garnieren

Paprikapulver, zum Bestreuen
4 gekochte Garnelen mit Schale
4 Zitronenscheiben

Zubereitung

1 Den Salat auf 4 kleine Portionsschalen verteilen (traditionell nimmt man gestielte Glasschalen, aber andere Schalen tun es auch).

2 Mayonnaise, Sahne und Tomatenketchup in einer Schüssel vermengen. Tabasco und Zitronensaft zugeben und alles mit Salz und Pfeffer kräftig abschmecken.

3 Die ausgelösten Garnelen auf die Schalen verteilen und mit dem Dressing übergießen. Mit Frischhaltefolie abgedeckt 30 Minuten kalt stellen.

4 Die Krabbencocktails mit etwas Paprikapulver bestreuen, mit je einer Garnele und einer Zitronenscheibe garnieren und mit dem Brot servieren.

Garnelen mit Limetten

Zutaten

FÜR 6 PERSONEN ALS TEIL EINER TAPAS-MAHLZEIT

4 Limetten
12 rohe Riesengarnelen
3 EL natives Olivenöl extra
2 Knoblauchzehen, fein gehackt
etwas trockener Sherry
Salz und Pfeffer
4 EL frisch gehackte glatte Petersilie

Zubereitung

1 Die Schale von 2 Limetten abreiben und die beiden Früchte auspressen. Die restlichen Limetten in Spalten schneiden und beiseitestellen.

2 Die Köpfe und Beine der Garnelen abdrehen, den Schwanz und die Schale intakt lassen. Die Garnelen an der Unterseite leicht einschneiden, den dunklen Darm herausziehen und wegwerfen. Die Garnelen unter fließend kaltem Wasser abspülen und mit Küchenpapier gut trocken tupfen.

3 Das Olivenöl in einer großen, schweren Pfanne erhitzen. Den Knoblauch zugeben und 30 Sekunden braten. Die Garnelen zugeben und etwa 5 Minuten braten, bis sie rosafarben werden und sich leicht einrollen. Dabei gelegentlich umrühren. Limettenschale und Saft sowie einen Spritzer Sherry unterrühren und alles gut mischen.

4 Die gegarten Garnelen auf einen Teller geben, nach Belieben mit Salz und Pfeffer würzen und die Petersilie darüberstreuen. Das Gericht dampfend heiß servieren. Dazu die Limettenspalten zum Ausdrücken reichen.

Calamares

Zutaten

FÜR 6 PERSONEN

450 g küchenfertiger Tintenfisch
Mehl, zum Bestäuben
Sonnenblumenöl, zum Frittieren
Salz
Zitronenspalten, zum Garnieren
Aïoli, zum Servieren

Zubereitung

1 Den Tintenfisch in 1 cm breite Ringe schneiden, lange Fangarme halbieren. Alles unter fließend kaltem Wasser abspülen und mit Küchenpapier trocken tupfen. Die Tintenfischstücke mit Mehl bestäuben.

2 Das Öl in einer Fritteuse auf 180–190 °C erhitzen. Es ist heiß genug, wenn ein Brotwürfel darin in 30 Sekunden bräunt. Die Tintenfischstücke portionsweise zugeben (nicht zu viele auf einmal, sonst sinkt die Öltemperatur) und 2–3 Minuten goldbraun und knusprig frittieren. Dabei mehrmals wenden. Tintenfisch darf nicht zu lange garen, sonst wird er hart und zäh.

3 Calamares mit einem Schaumlöffel herausheben und auf Küchenpapier abtropfen lassen. Im Ofen warm halten, während die restlichen Stücke frittiert werden. Mit Salz bestreuen und sehr heiß mit Zitronenspalten zum Ausdrücken servieren. Dazu Aïoli zum Dippen reichen.

Blini

Zutaten

ERGIBT 8 STÜCK

110 g Buchweizenmehl
110 g Mehl (Type 550)
1/2 Packung Trockenhefe
1 TL Salz
425 ml lauwarme Milch
2 Eier, davon 1 getrennt
Pflanzenöl, zum Braten

Zum Servieren

saure Sahne
Räucherlachs

Zubereitung

1 Die beiden Mehlsorten in eine Schüssel sieben. Hefe und Salz unterrühren. Dann die Milch, das ganze Ei sowie das Eigelb zugeben und alles glatt rühren. Die Schüssel abdecken und den Teig 1 Stunde an einen warmen Ort stellen.

2 Das Eiweiß in einer sauberen, fettfreien Schüssel steif schlagen; dann unter den vorbereiteten Teig ziehen. Etwas Öl in eine Pfanne geben und bei mittlerer Hitze erwärmen. Sobald die Pfanne heiß ist, so viel Teig hineingeben, dass man einen dünnen Pfannkuchen von etwa dem Durchmesser einer Untertasse erhält.

3 Sobald die Teigoberfläche kleine Bläschen wirft, den Pfannkuchen wenden und von der anderen Seite braten, bis auch diese gebräunt ist. Die fertigen Blini in ein sauberes Küchentuch wickeln und warm halten, während der restliche Teig verarbeitet wird. Anschließend die Blini warm mit saurer Sahne und etwas Räucherlachs servieren.

Leichte Mahlzeiten

Fisch und Meeresfrüchte sind wie gemacht für eine leichte Mahlzeit. Sie sind kalorienarm und leicht verdaulich; so fühlen Sie sich nach dem Mittagessen nicht müde oder haben nach dem Abendessen keine Einschlafschwierigkeiten. Fisch und Meeresfrüchte lassen sich in allen Arten von Gerichten wunderbar verarbeiten – in kräftigen Eintöpfen, ebenso wie in eleganten Pasteten. Wenn Sie es eilig haben, bereiten Sie *Blätterteigschnitten mit Räucherlachs & Ziegenkäse* zu oder *Teigrollen mit Lachs, Feta und Kräutern*; wenn sie etwas mehr Zeit haben: Das raffinierte *Schellfisch-Quiche mit Gruyère-Soufflé* zergeht im Mund und schmeckt einfach göttlich.

Fisch uns Meeresfrüchte lassen sich auch ausgezeichnet mit Ei kombinieren – warum also nicht einmal ein *Rührei mit Räucherlachs* zum Brunch, eine schmackhafte *Lachs-Frittata* oder chinesisches Fast Food in Form von *Garnelen Fu Yung*? Ebenso köstlich sind mexikanische *Fisch-Tacos Ensenada* und *Fisch-Burritos*.

Fischtorten und -aufläufe sind, in Kombination mit einem kleinen Salat oder etwas Gemüse, ideale Familiengerichte. *Fischvariationen auf einem Gemüsebett*, ein *Kartoffelgratin mit Kräutern und Räucherlachs* oder *Jakobsmuscheln in Safransauce* verleihen Ihrer mittäglichen oder abendlichen Einladung das gewisse Etwas, und das luftig lockere *Krebs-Soufflé* verfehlt nie seine Wirkung.

Rührei mit Räucherlachs

Zutaten

FÜR 4 PERSONEN

8 Eier
80 g Schlagsahne
2 EL frisch gehackter Dill, plus etwas mehr zum Garnieren
Salz und Pfeffer
100 g Räucherlachs, in kleine Stücke geschnitten
2 EL Butter
getoastete Baguette-Scheiben, zum Servieren

Zubereitung

1 Die Eier in einer großen Schüssel aufschlagen und mit Sahne und Dill verrühren. Mit Salz und Pfeffer würzen. Den Räucherlachs dazugeben.

2 Die Butter in einer großen beschichteten Pfanne erhitzen und die Eimasse hineingießen. Wenn sie anfängt zu stocken, mit einem Pfannenwender aus Holz oder Kunststoff von außen nach innen schieben und die Pfanne schwenken, damit das noch flüssige Ei nach außen läuft.

3 Wenn die Eimasse gleichmäßig gestockt, aber noch cremig ist, die Pfanne vom Herd nehmen und das Rührei auf die vorbereiteten Brotscheiben verteilen. Mit Dill garnieren und sofort servieren.

Lachs-Frittata

Zutaten

FÜR 6 PERSONEN

250 g Lachsfilet ohne Haut und Gräten
3 frische Thymianzweige
1 frischer Petersilienzweig, plus 2 EL frisch gehackte Petersilie
5 schwarze Pfefferkörner
1/2 kleine Zwiebel, in Ringen
1/2 Selleriestange, in Scheiben
1/2 Karotte, gehackt
180 g grüner Spargel, in kurzen Stücken
80 g Babykarotten, halbiert
50 g Butter
1 große Zwiebel, in dünnen Ringen
1 Knoblauchzehe, fein gehackt
120 g Erbsen aus der Dose, abgetropft, oder Tiefkühlware aufgetaut
1 EL frisch gehackter Dill
Salz und Pfeffer
8 Eier, leicht verquirlt
Crème fraîche, zum Garnieren

Zum Servieren

Zitronenspalten
Salat
knuspriges Brot

Zubereitung

1 Lachs, je 1 Thymian- und Petersilienzweig, Pfefferkörner, Zwiebel, Sellerie und Karotte in einem Topf mit Wasser bedecken und bei geringer Hitze aufkochen. Vom Herd nehmen und 5 Minuten ziehen lassen. Den Fisch entnehmen, zerkleinern und beiseitestellen.

2 Den Spargel 2 Minuten in leicht gesalzenem Wasser blanchieren. Abtropfen lassen und unter kaltem Wasser abschrecken. Die Babykarotten 4 Minuten blanchieren, abtropfen lassen und abschrecken. Erneut abtropfen lassen und trocken tupfen. Beiseitestellen.

3 Die Hälfte der Butter in einer großen Pfanne zerlassen. Die Zwiebel darin unter Rühren 8–10 Minuten weich dünsten. Knoblauch und die Blättchen des restlichen Thymians zugeben und 1 Minute mitdünsten. Spargel, Babykarotten und Erbsen zufügen, gut durchwärmen und vom Herd nehmen.

4 Das erwärmte Gemüse in einer Schüssel mit gehackter Petersilie, Dill, Lachs, Salz, Pfeffer und den Eiern vermengen. Die restliche Butter in einer Pfanne mit hitzebeständigem Griff zerlassen und die Mischung darin abgedeckt 10 Minuten bei geringer Hitze braten.

5 Dann 5 Minuten unter einem vorgeheizten Grill backen, bis die Masse stockt und die Oberfläche goldbraun ist. In Stücke schneiden und mit Crème fraîche garnieren. Mit Zitronenspalten, Salat und Brot servieren.

Luftiges Garnelenomelett

Zutaten

FÜR 2–4 PERSONEN

120 g gekochte Garnelen, ausgelöst
4 Frühlingszwiebeln, gehackt
2 Zucchini, geraspelt
4 Eier, getrennt
einige Spritzer Tabascosauce
3 EL Milch
Salz und Pfeffer
1 EL Maiskeim- oder Olivenöl
25 g frisch geriebener alter Gouda

Zubereitung

1 Die Garnelen mit Küchenpapier trocken tupfen. Mit Frühlingszwiebeln und Zucchini in einer Schüssel vermengen und beiseitestellen.

2 Eigelb mit Tabascosauce, Milch, Salz und Pfeffer in eine Schüssel geben und mit einer Gabel verquirlen.

3 Das Eiweiß in einer großen Schüssel steif schlagen. Das Eigelb darübergießen und vorsichtig unterziehen.

4 Das Öl in einer großen beschichteten Pfanne erhitzen. Die Eiermasse hineingießen und bei schwacher Hitze 4–6 Minuten garen, bis die Masse zu stocken beginnt. Den Grill vorheizen.

5 Die Garnelen auf dem Omelett verteilen, mit dem Käse bestreuen und 2–3 Minuten im Ofen grillen, bis das Omelett fest und die Oberfläche goldbraun ist. In Stücke schneiden und sofort servieren.

Garnelen Fu Yung

Zutaten

FÜR 4–6 PERSONEN

1 EL Pflanzen- oder Erdnussöl

120 g rohe Garnelen, ausgelöst

4 Eier, leicht verquirlt

1 TL Salz

1 Prise weißer Pfeffer

2 EL fein gehackter chinesischer Schnittlauch

Zubereitung

1 Das Öl im vorgeheizten Wok erhitzen und die Garnelen darin unter Rühren braten, bis sie rosa werden.

2 Die Eier mit Salz und Pfeffer würzen und über die Garnelen gießen. Unter Rühren 1 Minute braten, dann alles mit dem Schnittlauch bestreuen.

3 Weitere 4 Minuten pfannenrühren, bis das Rührei gar, aber noch cremig ist. Sofort servieren.

Krebs-Soufflé

Zutaten

FÜR 4–6 PERSONEN

3 EL Butter, plus etwas mehr zum Einfetten
2 EL Semmelbrösel
1 kleine Zwiebel, fein gehackt
1 Knoblauchzehe, zerdrückt
2 TL Senfpulver
2 EL Mehl
220 ml Milch
50 g frisch geriebener Gruyère
3 Eier, getrennt
220 g frisches Krebsfleisch
2 EL frisch gehackter Schnittlauch
1 Prise Cayennepfeffer
Salz und Pfeffer

Zubereitung

1 Den Ofen auf 200 °C vorheizen. Eine Soufflé-Form (1,4 l Inhalt) gut einfetten. Semmelbrösel hineinstreuen und die Form schwenken, bis sie überall verteilt sind. Überschüssige Brösel herausschütten. Form beiseitestellen.

2 Die Butter in einem großen Topf bei schwacher Hitze zerlassen. Die Zwiebel unter gelegentlichem Rühren 8 Minuten weich dünsten, aber nicht bräunen. Den Knoblauch zugeben, 1 Minute unter Rühren mitdünsten. Senfpulver und Mehl zugeben und alles noch 1 Minute rühren. Nach und nach unter ständigem Rühren die Milch zugießen. Die Hitze langsam erhöhen und die Milch unter ständigem Rühren zum Kochen bringen. 2 Minuten sanft köcheln. Vom Herd nehmen und den Käse unterrühren. Etwas abkühlen lassen.

3 Das Eigelb unterziehen, dann Krebsfleisch, Schnittlauch, Cayennepfeffer sowie Salz und Pfeffer nach Geschmack unterheben.

4 Das Eiweiß in einer sauberen Schüssel sehr steif schlagen. Einen großen Esslöffel Eischnee zur Krebsfleischmasse geben und unterheben. Den übrigen Eischnee nach und nach vorsichtig, aber gründlich unterheben. Die Masse in die Soufflé-Form geben.

5 Im vorgeheizten Ofen 25 Minuten goldbraun backen. Sofort servieren.

Fischvariationen auf einem Gemüsebett

Zutaten

FÜR 4 PERSONEN

einige Fäden Safran
50 g Butter
2 Karotten, in feine Stifte geschnitten
2 Selleriestangen, in feine Stifte geschnitten
1 Zucchini, in feine Stifte geschnitten
1 Schalotte, sehr fein gehackt
2 Knoblauchzehen, sehr fein gehackt
1 Bouquet garni
Salz und Pfeffer
200 ml trockener Weißwein
200 ml Wasser
8 gemischte Fischfilets ohne Haut, z. B. Lachs und Seeteufel (à 125 g)
250 g Crème fraîche
frische Kerbelzweige, zum Garnieren

Zubereitung

1 Die Safranfäden ohne Fett in einer Pfanne bei starker Hitze unter Rühren 1 Minute rösten, bis sie ihr Aroma entfalten. Sofort aus der Pfanne nehmen und beiseitestellen.

2 Die Butter in einer Pfanne mit Deckel erhitzen. Karotten, Sellerie, Zucchini, Schalotte, Knoblauch und Bouquet garni sowie etwas Salz und Pfeffer zufügen und alles 3 Minuten dünsten, ohne dass das Gemüse bräunt.

3 Inzwischen Wein und Wasser in einem Topf bei starker Hitze 2 Minuten aufkochen. Die Mischung zum Gemüse in die Pfanne gießen. Die Hitze reduzieren und alles 5 Minuten köcheln lassen, dann vom Herd nehmen und das Bouquet garni entfernen.

4 Den Fisch auf das Gemüse in die Pfanne legen, abdecken und weitere 5 Minuten köcheln lassen, bis der Fisch gar ist. Fisch und Gemüse in eine vorgewärmte Schüssel geben und etwas Kochsud zugießen. Abdecken und beiseitestellen.

5 Crème fraîche und Safran unter den Sud rühren und die Mischung eindicken. Dann abschmecken. Zum Servieren in 4 tiefen Tellern ein Bett aus Gemüsestreifen anrichten. Den Fisch daraufsetzen, den Kochsud zugießen und alles mit Kerbel garnieren.

Gemüsesuppe mit Räucherfisch

Zutaten

FÜR 4 PERSONEN

2 EL Butter
1 Zwiebel, fein gehackt
1 kleine Selleriestange, fein gewürfelt
250 g Kartoffeln, gewürfelt
60 g Karotten, gewürfelt
300 ml kochendes Wasser
Salz und Pfeffer
350 g geräuchertes Kabeljaufilet ohne Haut, grob gewürfelt
300 ml Milch

Zubereitung

1 Die Butter in einem großen Topf bei schwacher Hitze zerlassen. Zwiebel und Sellerie darin unter häufigem Rühren 5 Minuten weich andünsten, aber nicht bräunen.

2 Kartoffeln, Karotten und Wasser sowie Salz und Pfeffer nach Geschmack zugeben. Die Suppe aufkochen, dann bei reduzierter Hitze 10 Minuten köcheln lassen, bis das Gemüse weich ist. Die Fischwürfel zugeben und weitere 10 Minuten mitköcheln lassen.

3 Die Milch zugießen und langsam miterwärmen. Die Suppe noch einmal abschmecken und heiß servieren.

Karibischer Fischtopf

Zutaten

FÜR 4 PERSONEN

3 EL Öl
1 TL Kreuzkümmelsamen, zerstoßen
1 TL Thymian oder Oregano
1 Zwiebel, gewürfelt
1/2 grüne Paprika, gewürfelt
1 Süßkartoffel, gewürfelt
2–3 grüne Chillies, entkernt und sehr fein gehackt
1 Knoblauchzehe, sehr fein gehackt
1 l Hühnerbrühe
Salz und Pfeffer
400 g Filet vom Red Snapper ohne Haut, grob gewürfelt
2 EL Erbsen aus der Dose, abgetropft, oder Tiefkühlware aufgetaut
2 EL Mais aus der Dose, abgetropft, oder Tiefkühlware aufgetaut
120 g Sahne
3 EL frisch gehackter Koriander, zum Garnieren

Zubereitung

1 Das Öl mit den Kreuzkümmelsamen und dem Thymian in einem großen Topf auf mittlerer Stufe erhitzen. Zwiebel, Paprika, Süßkartoffel, Chillies und Knoblauch zugeben und unter ständigem Rühren 1 Minute anbraten.

2 Die Hitze etwas reduzieren und alles zugedeckt 10 Minuten dünsten, bis das Gemüse gerade weich ist.

3 Die Brühe zugießen. Mit Salz und Pfeffer kräftig abschmecken, einmal aufkochen, dann bei mittlerer bis schwacher Hitze zugedeckt 20 Minuten köcheln.

4 Fisch, Erbsen, Mais und Sahne zugeben. Die Suppe bei schwacher Hitze ohne Deckel weitere 7–10 Minuten ziehen lassen, aber nicht kochen, bis der Fisch gerade gar ist. Mit Koriander garnieren und sofort servieren.

Kartoffelgratin mit Kräutern und Räucherlachs

Zutaten

FÜR 6 PERSONEN

425 ml Milch
3 Gewürznelken
2 Lorbeerblätter
50 g Zwiebeln, in Ringe geschnitten
80 g Porree, in Ringe geschnitten
100 g Räucherlachs, in feine Scheiben geschnitten
350 g Kartoffeln, in 2 mm dicke Scheiben geschnitten
2 EL frisch gehackter Schnittlauch
2 EL frisch gehackter Dill
1 EL frisch gehackter Estragon
2 TL körniger Senf
Pfeffer
3 EL Brunnenkresse

Zubereitung

1 Die Milch in einen Topf gießen. Nelken, Lorbeerblätter, Zwiebeln, Porree und Räucherlachs zugeben und sanft erhitzen. Wenn die Milch zu sieden beginnt, den Räucherlachs mit einem Schaumlöffel vorsichtig herausnehmen und auf einem Teller auskühlen lassen.

2 Die Kartoffeln in die Milch geben und mit einem Holzlöffel rühren. Die Milch wieder zum Sieden bringen und unter gelegentlichem Rühren 12 Minuten garen, bis die Kartoffeln weich werden und die Milch durch die Kartoffelstärke langsam eindickt. Nelken und Lorbeerblätter entfernen.

3 Kräuter, Senf und Pfeffer sorgfältig unterrühren. Die Masse in eine gut gefettete flache Auflaufform füllen. Erst mit einem Bogen Backpapier abdecken, dann mit Alufolie. Im vorgeheizten Backofen 30 Minuten bei 200 °C backen.

4 Das Gratin aus dem Ofen nehmen und einen schweren Topf daraufsetzen. Etwa 20 Minuten auskühlen lassen, dann auf ein Backblech stürzen. Unter dem heißen Grill des Backofens gratinieren, bis die Oberfläche goldbraun ist.

5 Das Gratin in 6 Stücke schneiden und mit dem Räucherlachs auf Tellern anrichten. Mit Brunnenkresse garnieren und servieren.

Thunfisch-Gemüse-Spieße

Zutaten

FÜR 4 PERSONEN

4 Thunfischsteaks à 140 g
2 rote Zwiebeln
12 Kirschtomaten
1 rote Paprika, in 2,5 cm großen Stücken
1 gelbe Paprika, in 2,5 cm großen Stücken
1 Zucchini, in Scheiben
1 EL frisch gehackter Oregano
4 EL natives Olivenöl extra
Pfeffer
Limettenspalten, zum Garnieren

Zum Servieren

gemischter Salat
frisch gekochter Couscous, neue Kartoffeln oder Brot

Zubereitung

1 Den Backofengrill stark vorheizen. Den Thunfisch in 2,5 cm große Stücke schneiden. Die Zwiebeln schälen, dabei den Wurzelteil intakt lassen, und in jeweils 6 Spalten schneiden.

2 Fisch und Gemüse abwechselnd auf 8 zuvor in Wasser eingeweichte Spieße verteilen und diese auf den Grillrost legen.

3 Oregano und Öl in einer kleinen Schale mischen und mit Pfeffer würzen. Die Spieße leicht mit dem Öl bepinseln und unter dem Backofengrill 10–15 Minuten von allen Seiten garen. Falls nicht alle Spieße auf den Rost passen, in mehreren Partien grillen und die fertigen Spieße warm halten. Alternativ die Spieße auf dem Holzkohlegrill zubereiten.

4 Die Spieße mit Limettenspalten garnieren und mit gemischtem Salat, gekochtem Couscous, neuen Kartoffeln oder Brot servieren.

Gebackene Sardinen mit Zitrone und Oregano

Zutaten

FÜR 4 PERSONEN

2 Zitronen

12 große Sardinen, küchenfertig

4 EL Olivenöl

4 EL frisch gehackter Oregano

Salz und Pfeffer

Zitronenspalten, zum Garnieren

Zubereitung

1 Den Backofen auf 190 °C vorheizen. Eine Zitrone in Scheiben schneiden und die andere abreiben und auspressen.

2 Die Sardinenköpfe abschneiden und die Fische in einer Lage in eine flache Auflaufform legen. Die Zitronenscheiben zwischen die Fische stecken, Zitronensaft und Öl darüberträufeln. Mit geriebener Zitronenschale, Oregano, Salz und Pfeffer bestreuen.

3 20–30 Minuten im Ofen garen, bis die Fische gar sind. Mit Zitronenspalten garniert servieren.

Curry mit Garnelen und Ananas

Zutaten

FÜR 4 PERSONEN

450 g Kokoscreme
1/2 frische Ananas, in kleinen Stücken
2 EL rote Currypaste
2 EL Fischsauce
2 TL Zucker
350 g rohe Riesengarnelen
2 EL frisch gehackter Koriander
essbare Blüten, zum Garnieren
frisch gedämpfter Jasminreis, zum Servieren

Zubereitung

1 Kokoscreme, Ananas, Currypaste, Fischsauce und Zucker in eine große Pfanne geben. Auf mittlerer Stufe langsam fast bis zum Siedepunkt erhitzen. Die Garnelen auslösen, dabei die Schwanzenden intakt lassen, und die Darmfäden entfernen. Die Garnelen mit dem Koriander in die Pfanne geben und 3 Minuten köcheln lassen, bis sie gar sind.

2 Mit essbaren Blüten und gedämpftem Jasminreis servieren.

Garnelen in Kräuterbutter

Zutaten

FÜR 2 PERSONEN

12 rohe Riesengarnelen

Saft einer 1/2 Zitrone

2 Knoblauchzehen, zerdrückt

3 EL frisch gehackte Petersilie

1 EL frisch gehackter Dill

3 EL weiche Butter

Salz und Pfeffer

Zum Servieren

Zitronenspalten

knuspriges Brot

Salat

Zubereitung

1 Die Garnelen abspülen und trocken tupfen.

2 Zitronensaft mit Knoblauch, Kräutern und Butter zu einer glatten Paste rühren. Großzügig mit Salz und Pfeffer würzen. Die Garnelen mit der Kräuterbutter bestreichen und 30 Minuten ziehen lassen.

3 Die Garnelen unter dem vorgeheizten Grill des Backofens 5–6 Minuten garen. Alternativ die Garnelen in einer Pfanne braten. Die Garnelen auf vorgewärmte Teller verteilen und die Kräuterbutter darübergießen. Mit Zitronenspalten, Brot und Salat sofort servieren.

Jakobsmuscheln in Safransauce

Zutaten

FÜR 8 PERSONEN

150 ml trockener Weißwein
150 ml Fischfond
einige Safranfäden
1 kg große Jakobsmuscheln, ausgelöst
Salz und Pfeffer
3 EL natives Olivenöl extra
1 kleine Zwiebel, fein gehackt
2 Knoblauchzehen, fein gehackt
150 g Crème double
etwas Zitronensaft
frisch gehackte glatte Petersilie, zum Garnieren
knuspriges Brot, zum Servieren

Zubereitung

1 Weißwein, Fischfond und Safran in einen Topf geben und aufkochen. Die Hitze reduzieren, den Topf abdecken und den Sud etwa 15 Minuten köcheln lassen.

2 Inzwischen von den Muscheln die Innereien lösen und wegwerfen. Das weiße Fleisch von den orangefarbenen Rogen lösen. Muskelfleisch und Rogen in dicke Scheiben schneiden, mit Küchenpapier trocken tupfen, dann nach Belieben mit Salz und Pfeffer würzen.

3 Das Olivenöl in einer Pfanne erhitzen. Zwiebel und Knoblauch zufügen und 5 Minuten weich braten. Die Muscheln zugeben und etwa 5 Minuten bei schwacher Hitze braten, bis sie nicht mehr glasig sind. Dabei gelegentlich umrühren.

4 Die Muscheln herausnehmen und auf einen Teller legen. Den Safransud in die Pfanne gießen, aufkochen und auf die Hälfte einkochen. Die Hitze reduzieren und nach und nach die Crème double einrühren. Die Sauce leicht köcheln lassen, bis sie etwas eingedickt ist.

5 Die Muscheln in die Sauce geben und 1–2 Minuten erhitzen. Zitronensaft zugeben und nach Belieben mit Salz und Pfeffer würzen. Die Muscheln heiß, mit Petersilie garniert, servieren. Dazu knuspriges Brot reichen.

Fischbratlinge

Zutaten

FÜR 4 PERSONEN

500 g mehlig kochende Kartoffeln, grob gewürfelt
500 g gemischtes Fischfilet ohne Haut, z. B. von Kabeljau und Lachs
2 EL frisch gehackter Estragon
abgeriebene Schale von 1 Zitrone
2 EL Schlagsahne
Salz und Pfeffer
1 EL Mehl
1 Ei, verquirlt
125 g frische Semmelbrösel aus Weiß- oder Vollkornbrot
4 EL Pflanzenöl, zum Braten
Brunnenkressesalat, zum Servieren

Zubereitung

1 Die Kartoffeln 15–20 Minuten in kochendem Salzwasser weich garen, dann abgießen und mit einem Kartoffelstampfer zu einem glatten Püree verarbeiten.

2 Die Fischfilets in eine Pfanne geben und mit Wasser übergießen, bis sie gerade bedeckt sind. Bei mittlerer Hitze zum Kochen bringen, dann die Hitze reduzieren und den Fisch 5 Minuten sanft köcheln lassen, bis er gar ist. Anschließend vom Herd nehmen, abgießen, auf einen Teller legen und abkühlen lassen. Dann die Filets in kleine Stücke zupfen; dabei alle eventuellen Gräten entfernen.

3 Die Kartoffelmasse mit dem Fisch, dem Estragon, der Zitronenschale und der Sahne mischen. Mit Salz und Pfeffer würzen und zu 4 großen oder 8 kleinen Bratlingen formen. Diese mit Mehl bestäuben, in das verquirlte Ei tauchen und in den Semmelbröseln wenden. Anschließend auf ein Backblech legen und mindestens 30 Minuten kalt stellen.

4 Das Bratöl in einer Pfanne erhitzen und die erkalteten Bratlinge darin bei mittlerer Hitze von jeder Seite 5 Minuten braten; dabei mit einem Pfannenwender vorsichtig wenden.

5 Die fertigen Bratlinge mit knackigem Brunnenkressesalat servieren.

Fisch-Tacos Ensenada

Zutaten

FÜR 4 PERSONEN

500 g festes Weißfischfilet, z. B. Red Snapper oder Kabeljau
1/4 TL getrockneter Oregano
1/4 TL gemahlener Kreuzkümmel
1 TL mildes Chilipulver
2–3 Knoblauchzehen, fein gehackt
Salz und Pfeffer
3 EL Mehl
Speiseöl, zum Braten
1/4 Rotkohl, fein geschnitten
Saft von 2 Limetten
rote Chilisauce oder Salsa, zum Abschmecken
8 weiche Mais-Tortillas
1 EL frisch gehackter Koriander
1/2 Zwiebel, gehackt (nach Belieben)
Salsa, nach Wahl

Zubereitung

1 Den Fisch auf eine Platte legen und von beiden Seiten mit der Hälfte des Oreganos, Kreuzkümmels, Chilipulvers, Knoblauchs sowie Salz und Pfeffer würzen. Mit dem Mehl bestäuben.

2 Öl in einer Pfanne stark erhitzen und den Fisch portionsweise von beiden Seiten anbraten, bis er außen goldbraun, in der Mitte aber noch glasig ist. Aus der Pfanne nehmen und auf Küchenpapier abtropfen lassen.

3 Den Kohl mit dem restlichen Oregano, Kreuzkümmel, Chili und Knoblauch vermengen. Den Limettensaft zugeben, mit Salz und Chilisauce abschmecken.

4 Die Tortillas in einer ungefetteten beschichteten Pfanne erwärmen, dabei mit einigen Tropfen Wasser besprenkeln. Die Tortillas zum Warmhalten in ein sauberes Tuch schlagen. Alternativ die Tortillas in einem Stapel in die Pfanne geben und abwechselnd erwärmen.

5 Die Tortillas mit Fisch und Rotkohlsalat füllen und mit Koriander und Zwiebel, falls verwendet, bestreuen. Die Salsa zugeben und sofort servieren.

Fisch-Burritos

Zutaten

FÜR 4–6 PERSONEN

450 g festes Weißfischfilet ohne Haut (z. B. Red Snapper oder Kabeljau)
Salz und Pfeffer
1/4 TL gemahlener Kreuzkümmel
1 Prise Oregano
4 Knoblauchzehen, fein gehackt
120 ml Fischfond
Saft von 1/2 Limette oder Zitrone
8 Weizenmehl-Tortillas
2–3 grüne Salatblätter, in Streifen
2 sehr reife Tomaten, gewürfelt
Salsa nach Wahl, zum Garnieren
Zitronenspalten, zum Servieren

Zubereitung

1 Den Fisch mit Salz und Pfeffer würzen. Dann mit Kreuzkümmel, Oregano, Knoblauch und Fond in einen Topf geben.

2 Den Fond aufkochen und den Fisch darin 1 Minute kochen. Den Topf vom Herd nehmen und den Fisch 30 Minuten im Fond abkühlen lassen.

3 Den Fisch aus dem Fond nehmen und in mundgerechte Stücke teilen. In eine nicht metallene Schüssel geben, mit dem Zitrussaft beträufeln und beiseitestellen.

4 Die Tortillas in einer ungefetteten beschichteten Pfanne erwärmen, dabei stets mit ein paar Tropfen Wasser beträufeln. Zum Warmhalten in ein sauberes Geschirrtuch wickeln, bis alle Tortillas fertig sind.

5 Die Salatstreifen auf die Tortillas verteilen, einige Fischstücke darauflegen und die Tomaten darübergeben. Jede Tortilla mit etwas Salsa garnieren und mit Zitronenspalten servieren.

Fisch-Garnelen-Auflauf

Zutaten

FÜR 6 PERSONEN

Sauce

4 EL Butter
4 EL Mehl
1 TL Senfpulver
600 ml Milch
100 g frisch geriebener Gruyère

Belag

675 g Kartoffeln
4 EL Butter, zerlassen
2 EL frisch geriebener Gruyère

2 EL Olivenöl
1 Zwiebel, fein gehackt
1 Porreestange, in Ringen
1 Karotte, gewürfelt
1 Selleriestange, gewürfelt
110 g kleine Champignons
abgeriebene Schale von 1 Zitrone
350 g geräuchertes Kabeljau- oder Schellfischfilet, gewürfelt
350 g Weißfischfilet (z. B. Schellfisch oder Seehecht), gewürfelt
220 g Garnelen
2 EL frisch gehackte Petersilie
1 EL frisch gehackter Dill
Salz und Pfeffer
gedämpftes junges Gemüse, zum Servieren

Zubereitung

1 Für die Sauce die Butter in einem großen Topf zerlassen, Mehl und Senfpulver einrühren. Glatt rühren und 2 Minuten bei sehr schwacher Hitze anschwitzen, ohne zu bräunen. Die Milch einrühren. 2 Minuten sanft köcheln lassen, dann den Käse einrühren, bis er geschmolzen ist. Den Topf vom Herd nehmen und abdecken. Beiseitestellen.

2 Unterdessen für den Belag die Kartoffeln in der Schale 15 Minuten in reichlich Salzwasser fast gar kochen. Gründlich abtropfen lassen und zum Abkühlen beiseitestellen.

3 Das Olivenöl in einer Pfanne erhitzen und die Zwiebel 5 Minuten glasig andünsten. Porree, Karotte, Sellerie und Champignons zugeben und weitere 10 Minuten dünsten. Die Zitronenschale einrühren und kurz aufkochen.

4 Den Backofen auf 200 °C vorheizen. Gemüse, Fisch, Garnelen, Petersilie und Dill in die Sauce geben. Mit Salz und Pfeffer abschmecken und in eine Auflaufform (1,75 l Inhalt) geben.

5 Die abgekühlten Kartoffeln schälen und grob reiben. Mit der zerlassenen Butter verrühren. Die Fischfüllung mit dem Belag bedecken und mit geriebenem Gruyère bestreuen.

6 Den Auflauf locker mit Alufolie abdecken und 30 Minuten backen. Die Folie entfernen und weitere 30 Minuten goldgelb überbacken. Sofort zu gedämpftem Gemüse servieren.

Schellfisch-Quiche mit Gruyère-Soufflé

Zutaten

FÜR 6 PERSONEN

Teig

120 g Mehl, plus etwas mehr zum Bestäuben
1 Prise Salz
80 g gekühlte Butter, in Stücken, plus etwas mehr zum Einfetten
1/2 TL Senfpulver
1 Eigelb
kaltes Wasser

Füllung

300 ml Milch
1 Lorbeerblatt
250 g geräucherter Schellfisch
2 EL Butter
2 EL Mehl
1/2 TL frisch geriebene Muskatnuss
weißer Pfeffer
120 g frisch geriebener Gruyère
2 Eier, getrennt

Zubereitung

1 Eine Springform (24 cm Ø) einfetten. Mehl und Salz in eine Schüssel sieben, Butter zugeben und zu Streuseln verarbeiten. Senfpulver zugeben. Eigelb mit Wasser verquirlen und so viel zugeben, bis eine geschmeidige Masse entsteht. Den Teig zu einem Kreis (30 cm Ø) ausrollen, die Form damit auslegen und am Rand gut festdrücken. Dann mit Backpapier auslegen, mit Backbohnen füllen und 30 Minuten in den Kühlschrank stellen. Den Backofen auf 190 °C vorheizen. Den Teigboden 10 Minuten blindbacken. Bohnen und Backpapier entfernen. Den Boden weitere 5 Minuten backen.

2 Milch und Lorbeerblatt in einer Pfanne erhitzen, den Fisch zufügen und 5 Minuten garen. Vom Herd nehmen, das Lorbeerblatt entfernen und den Fisch herausnehmen. Den Milchsud beiseitestellen. Den Fisch zerteilen.

3 Butter in einer Pfanne zerlassen, Mehl zugeben und 3 Minuten unter Rühren anschwitzen. Dann den Milchsud zugießen und 5 Minuten köcheln, bis die Sauce eindickt. Muskat und Pfeffer nach Geschmack, dann den Käse einrühren. Die Sauce vom Herd nehmen. Das Eigelb unterrühren und den Fisch unterheben.

4 Das Eiweiß steif schlagen und unter die Fischmischung heben, dann auf dem Teigboden verteilen und 15 Minuten backen.

Schellfisch-Garnelen-Quiche

Zutaten

FÜR 4–6 PERSONEN

400 g Schellfisch- oder Dorschfilet
300 ml Milch
150 g Garnelen, gekocht und ausgelöst
200 g Doppelrahmfrischkäse
3 Eier, verquirlt
3 EL Schnittlauchröllchen
Pfeffer

Teig

200 g Mehl
1 Prise Salz
100 g Margarine, in Stücken, plus etwas mehr zum Einfetten
1 Eigelb
3 EL eiskaltes Wasser

Zubereitung

1 Den Backofen auf 200 °C vorheizen. Eine Quiche-Form (26 cm Ø) einfetten.

2 Für den Teig Mehl und Salz in eine Rührschüssel sieben. Die Margarine darin verreiben, bis eine feinkrümelige Masse entsteht. Zunächst das Eigelb, dann das Wasser unterrühren und alles zu einer Kugel formen. Diese auf einer leicht bemehlten Arbeitsplatte weich kneten. In Frischhaltefolie einschlagen und im Kühlschrank 30 Minuten ruhen lassen.

3 Unterdessen Fisch und Milch in einen flachen Topf geben. Vorsichtig erhitzen und 10 Minuten köcheln lassen, bis der Fisch weiß und gar ist. Dann herausnehmen, leicht abkühlen lassen und Haut und Gräten entfernen. Den Fisch zerteilen und beiseitestellen. 125 ml des Kochsuds zurückbehalten.

4 Den Teig ausrollen und die eingefettete Quiche-Form damit auslegen. Mit Backpapier bedecken und mit Backbohnen belegen. 8 Minuten blindbacken. Backpapier und Bohnen entfernen und weitere 5 Minuten backen.

5 Fisch und Garnelen auf dem Quiche-Boden verteilen. Frischkäse, Kochsud, Eier, Schnittlauch und Pfeffer in einer Schüssel vermengen und über den Fisch geben. 30 Minuten goldbraun backen.

Blätterteig mit Räucherlachs und Ziegenkäse

Zutaten

FÜR 4 PERSONEN

250 g Blätterteig (Fertigprodukt)
Mehl, zum Ausrollen
1 Ei mit 1 EL Milch, leicht verquirlt
1 kleine rote Zwiebel, in Ringe geschnitten
100 g Ziegenkäse, zerkrümelt
4 Scheiben Räucherlachs
Pfeffer

Zubereitung

1 Den Backofen auf 200 °C vorheizen. Den Blätterteig auf einer leicht bemehlten Arbeitsfläche 5 mm dick ausrollen und in 4 gleich große Quadrate schneiden. Auf ein nicht gefettetes Backblech setzen und dünn mit der Eiermilch bestreichen. Mit den Zwiebelringen belegen und den Ziegenkäse darauf verteilen.

2 Im Ofen 20–25 Minuten backen, bis der Blätterteig gut aufgegangen und goldbraun ist. Etwas abkühlen lassen und jede Schnitte mit einer Scheibe Räucherlachs garnieren. Mit Pfeffer würzen und sofort servieren.

Teigrollen mit Lachs, Feta und Kräutern

Zutaten

ERGIBT 6 TEIGROLLEN

150 g Feta, zerkrümelt
250 g Ricotta
150 g Räucherlachs, gewürfelt
2 EL frisch gehackter Dill
2 EL Schnittlauchröllchen
Salz und Pfeffer
12 Blätter Filo-Teig
100 g Butter, zerlassen, plus etwas mehr zum Einfetten
4 EL Semmelbrösel
6 TL Kümmelsamen

Zubereitung

1 Den Backofen auf 180 °C vorheizen. Ein Backblech leicht einfetten. Feta, Ricotta, Räucherlachs, Dill und Schnittlauch in einer großen Schüssel mischen. Mit Salz und Pfeffer würzen.

2 Ein Teigblatt auf der Arbeitsfläche ausbreiten und sorgfältig mit zerlassener Butter bestreichen. Mit 2 Teelöffeln Semmelbrösel bestreuen und ein zweites Teigblatt darauflegen. Mit zerlassener Butter bestreichen und 1 gehäuften Esslöffel der Käse-Lachs-Masse auf der unteren Kante verteilen. Das Teigblatt aufrollen, dabei die Seitenränder nach innen schlagen, sodass die Käse-Lachs-Masse gut eingeschlossen ist. Die Rolle auf das Backblech legen, die Oberfläche mit Butter bestreichen und mit 1 Teelöffel Kümmelsamen bestreuen. Den Vorgang mit den übrigen Teigblättern wiederholen.

3 Die Teigrollen im Ofen 25–30 Minuten goldbraun backen. Warm servieren.

Krebs-Quiche mit Brunnenkresse

Zutaten

FÜR 6 PERSONEN

Teig

120 g Mehl, plus etwas mehr zum Bestäuben
1 Prise Salz
80 g gekühlte Butter, in Stücken, plus etwas mehr zum Einfetten
eiskaltes Wasser

Füllung

300 g frisches weißes und braunes Krebsfleisch
1 Bund Brunnenkresse, plus einige Zweige zum Garnieren
50 ml Milch
2 große Eier, plus 3 Eigelb
200 g Crème double
Salz und Pfeffer
1/2 TL frisch geriebene Muskatnuss
1/2 Bund frischer Schnittlauch, in Röllchen
2 EL frisch geriebener Parmesan

Zubereitung

1 Eine Quiche-Form (22 cm Ø) einfetten. Mehl und Salz in eine Schüssel sieben, Butter zugeben, mit den Händen vermengen und zu Streuseln zerreiben. So viel Wasser zugeben, dass ein geschmeidiger Teig entsteht. Den Teig auf einer bemehlten Fläche zu einem 30 cm großen Kreis ausrollen, die Form damit auslegen und am Rand gut festdrücken, überstehende Ränder abtrennen. Den Teigboden mit Backpapier auslegen, mit getrockneten Bohnen füllen und 30 Minuten kalt stellen. Den Backofen auf 190 °C vorheizen.

2 Den gekühlten Teigboden 10 Minuten im vorgeheizten Ofen blindbacken. Dann Bohnen und Backpapier entfernen. Den Boden weitere 5 Minuten im Ofen backen, herausnehmen und die Hitze auf 160 °C reduzieren.

3 Das Krebsfleisch und die Blätter der Brunnenkresse auf dem Teigboden verteilen. Milch, Eier und Eigelb in einer Schüssel verquirlen. Die Crème double in einem Topf erhitzen und dann mit dem Schneebesen unter die Eier-Milch-Mischung rühren. Mit Salz, Pfeffer und Muskat würzen, die Schnittlauchröllchen unterrühren.

4 Die Mischung vorsichtig auf dem Teigboden verteilen und alles mit Parmesan bestreuen. Die Quiche 35–40 Minuten backen. Kurz ruhen lassen und mit Brunnenkresse garniert servieren.

Hauptgerichte

Einer der größten Vorteile von Fisch als Hauptgericht ist, dass er so einfach in der Zubereitung ist und doch nach viel mehr aussieht. Eine einfache Sauce dazu und schon wird daraus ein kulinarischer Hochgenuss! *Seeteufel mit Limetten-Chili-Sauce* ist ein hervorragendes Beispiel dafür, denn das Gericht ist in weniger als 10 Minuten vor- und zubereitet – schneller als die Beilage Reis.

Das Garen im Ofen ist eine köstliche und unkomplizierte Art der Fischzubereitung. Versuchen Sie es mit *Seeteufel mit Romesco-Sauce, Kabeljau italienische Art, Schellfisch mit Knoblauchkruste, Meerbrasse mit Fenchel, Lachsfilets mit Porree-Kräuter-Haube* oder *Thunfisch mit Orange und Sardellen*.

Mindestens genauso gut schmeckt Fisch in Schmorgerichten wie dem *Spanischen Schwertfischtopf* oder der *Marokkanischen Fisch-Tagine* mit Couscous.

Einfach herrlich schmeckt Fisch mit Butter, auch wenn er dadurch nicht mehr ganz so kalorienarm ist. *Seezunge à la Meunière* oder *Rochen in Buttersauce* sind köstliche Beispiele dafür.

Für die besonderen Anlässe servieren Sie *Fisch à la Yucatán*: Schwertfischsteaks, mariniert in einer würzig fruchtigen Kräutermarinade und gedämpft in Bananenblättern.

Seeteufel mit Limetten-Chili-Sauce

Zutaten

FÜR 4 PERSONEN

4 Seeteufelfilets à 120 g
2 EL Reismehl oder Speisestärke
6 EL Pflanzen- oder Erdnussöl
4 Knoblauchzehen, zerdrückt
2 frische große rote Chillies, entkernt und in Ringe geschnitten
2 TL Palmzucker oder brauner Zucker
Saft von 2 Limetten
abgeriebene Schale von 1 Limette
frisch gekochter Reis, zum Servieren

Zubereitung

1 Die Fischfilets im Reismehl oder in der Speisestärke wenden, überschüssiges Mehl abschütteln. Das Öl in einem Wok erhitzen und die Fischfilets darin rundum braun braten, bis sie gar sind. Vorsichtig wenden, damit sie nicht auseinanderfallen.

2 Die Fischfilets aus dem Wok nehmen und warm stellen. Knoblauch und Chillies in den Wok geben und unter Rühren 1–2 Minuten weich dünsten.

3 Zucker, Limettensaft und -schale und 2–3 Esslöffel Wasser zugeben und aufkochen. Die Sauce 1–2 Minuten bei schwacher Hitze köcheln lassen, dann über den Fisch geben. Mit dem gekochten Reis servieren.

Seeteufel mit Romesco-Sauce

Zutaten

FÜR 4–6 PERSONEN

1 kg Seeteufel am Stück
2–3 Scheiben Serrano-Schinken
Olivenöl, zum Einreiben
Salz und Pfeffer
Romesco-Sauce, zum Servieren

Zubereitung

1 Den Backofen auf 200 °C vorheizen. Die dünne Haut des Seeteufels entfernen. Den Schwanz unter fließend kaltem Wasser abspülen und trocken tupfen. Den Seeteufel mit den Schinkenscheiben umwickeln, leicht mit Öl einreiben, mit Salz und Pfeffer würzen und auf ein Backblech legen.

2 Den Seeteufel im Ofen 20 Minuten garen, bis das Fleisch fest wird und sich leicht zerteilen lässt. Versuchsweise den Schinken längs der Mittelgräte anheben und ein wenig Fleisch herausschneiden, um zu sehen, ob es sich zerteilen lässt.

3 Durch den Schinken schneiden und die Mittelgräte entfernen, sodass sich 2 dicke Filets ergeben. Jedes Filet in 2 oder 3 Stücke zerteilen und mit einem Löffel Romesco-Sauce auf einem Teller anrichten. Sofort servieren.

Spanischer Schwertfischtopf

Zutaten

FÜR 4 PERSONEN

4 EL natives Olivenöl extra
3 Schalotten, gehackt
2 Knoblauchzehen, gehackt
250 g gehackte Tomaten aus der Dose
1 EL Tomatenmark
700 g Kartoffeln, in Scheiben geschnitten
250 ml Gemüsebrühe
2 EL Zitronensaft
1 rote Paprika, gehackt
1 gelbe Paprika, gehackt
20 schwarze Oliven, entsteint und halbiert
1 kg Schwertfischsteak, ohne Haut und grob gewürfelt
Salz und Pfeffer
knuspriges Brot, zum Servieren

Zum Garnieren

einige Petersilienzweige
Zitronenscheiben

Zubereitung

1 Das Öl in einem Topf auf niedriger Stufe erhitzen und die Schalotten darin unter häufigem Rühren 4 Minuten weich dünsten. Knoblauch, Tomaten und Tomatenmark zugeben und alles zugedeckt 20 Minuten bei schwacher Hitze köcheln.

2 Inzwischen die Kartoffeln mit der Brühe und dem Zitronensaft in einen Schmortopf geben. Die Brühe aufkochen, dann die Hitze reduzieren und die Paprika zugeben. Zugedeckt 15 Minuten köcheln.

3 Oliven, Schwertfisch und Tomatenmischung zu den Kartoffeln geben. Mit Salz und Pfeffer abschmecken. Alles gut vermengen, dann zugedeckt 7–10 Minuten köcheln, bis der Schwertfisch gar ist.

4 Den Eintopf vom Herd nehmen, mit Petersilienzweigen und Zitronenscheiben garnieren und mit knusprigem Brot servieren.

Fisch à la Yucatán

Zutaten

FÜR 8 PERSONEN

4 EL Annato-Samen, über Nacht in Wasser eingeweicht, ersatzweise rote Lebensmittelfarbe
3 Knoblauchzehen, zerdrückt
1 EL mildes Chilipulver
1 EL Paprikapulver
1 TL gemahlener Kreuzkümmel
1/2 TL getrockneter Oregano
2 EL Bier oder Tequila
Saft von 1 Limette und 1 Orange
2 EL Olivenöl
2 EL frisch gehackter Koriander
1/4 TL Zimt
1/4 TL Nelkenpulver
1 kg Schwertfischsteaks
Bananenblätter, zum Einwickeln (nach Belieben)
frischer Koriander, zum Garnieren
Orangenspalten, zum Servieren

Zubereitung

1 Die Annato-Samen abtropfen lassen und in einem Mörser zerstoßen. Anschließend Knoblauch, Chili- und Paprikapulver, Kreuzkümmel, Oregano, Bier oder Tequila, Zitrussaft, Olivenöl, Koriander, Zimt und Nelkenpulver miteinander vermengen.

2 Die Fischsteaks mit der so entstandenen Paste einreiben und für mindestens 3 Stunden oder am besten über Nacht im Kühlschrank marinieren.

3 Die marinierten Steaks in Bananenblätter wickeln und mit einer Schnur zusammenbinden. Einen Dampfkochtopf 5 cm hoch mit Wasser füllen. Das Wasser zum Kochen bringen. Die Steaks in den Gareinsatz geben, abdecken und etwa 15 Minuten dünsten, bis sie gar sind.

4 Um den Fisch ohne die Bananenblätter zu garen, die Steaks auf einen Holzkohlengrill oder unter einen heißen Backofengrill legen und von jeder Seite 5–6 Minuten braten. Die fertigen Steaks mit Koriander garnieren und mit Orangenspalten servieren.

Kabeljau italienische Art

Zutaten

FÜR 4 PERSONEN

2 EL Butter
50 g frische Vollkorn-Semmelbrösel
2 EL gehackte Walnusskerne
abgeriebene Schale und Saft von 2 Zitronen
Blätter von 2 frischen Rosmarinzweigen, gehackt
2 EL frisch gehackte Petersilie
4 Kabeljaufilets à etwa 150 g
1 Knoblauchzehe, zerdrückt
1 kleine frische rote Chili, klein gehackt
3 EL Walnussöl
gemischter Salat, zum Servieren

Zubereitung

1 Den Backofen auf 200 °C vorheizen.

2 Die Butter in einem kleinen Topf bei geringer Hitze unter ständigem Rühren zerlassen. Semmelbrösel, Walnüsse, Schale und Saft von 1 Zitrone, die Hälfte des Rosmarins und der Petersilie in eine Schüssel geben. Die Butter zugießen und gut vermengen.

3 Die Kräutermischung gleichmäßig auf den Kabeljaufilets verteilen und leicht andrücken. Die Fischfilets in eine flache, mit Alufolie ausgelegte Auflaufform geben und 25–30 Minuten im Backofen garen.

4 Knoblauch, restliche Zitronenschale und -saft, Rosmarin, Petersilie und Chili in einer kleinen Schale mischen und das Walnussöl unterrühren. Die Kabeljaufilets aus dem Ofen nehmen und mit dem Dressing beträufeln.

5 Auf vorgewärmte Servierteller heben und mit einem kleinen Salat servieren.

Zitronendorsch mit Kräutersauce

Zutaten

FÜR 4 PERSONEN

4 dicke Dorschfilets
natives Olivenöl extra, zum Bepinseln
8 dünne Zitronenscheiben
Salz und Pfeffer

Kräutersauce

4 EL natives Olivenöl extra
1 Knoblauchzehe, zerdrückt
4 EL frisch gehackte Petersilie
2 EL frisch gehackte Minze
Saft von 1/2 Zitrone
Salz und Pfeffer

Zubereitung

1 Den Backofen auf 200 °C vorheizen. Die Dorschfilets waschen und mit Küchenpapier trocken tupfen, dann mit Öl bepinseln. Jedes Filet auf einem genügend großen Stück Backpapier platzieren, um den Fisch darin wie ein Paket einzupacken. Je 2 Zitronenscheiben auf jedes Fischfilet legen und mit Salz und Pfeffer würzen. Zu Paketen falten und im vorgeheizten Ofen 20 Minuten backen, bis sie gar sind.

2 Unterdessen für die Kräutersauce alle Zutaten in der Küchenmaschine fein hacken, dann mit Salz und Pfeffer würzen.

3 Die Pakete vorsichtig öffnen und den Fisch auf Servierteller verteilen. Vor dem Servieren je einen Löffel Kräutersauce über den Fisch gießen.

Kabeljau auf einem Spinatbett

Zutaten

FÜR 4 PERSONEN

4 Kabeljaufilets à 180 g
natives Olivenöl extra, zum Bestreichen
Salz und Pfeffer
Zitronenspalten, zum Servieren

Spinatbett

50 g Sultaninen
50 g Pinienkerne
4 EL natives Olivenöl extra
3 Knoblauchzehen, zerdrückt
500 g junger Spinat

Zubereitung

1 Für das Spinatbett die Sultaninen in eine kleine Schüssel geben, mit heißem Wasser bedecken und 15 Minuten einweichen. Gut abtropfen lassen.

2 Inzwischen die Pinienkerne in einer trockenen Pfanne auf mittlerer Stufe unter häufigem Schwenken 1–2 Minuten rösten, bis sie goldbraun sind.

3 Das Öl in einer großen, abdeckbaren Pfanne auf mittlerer Stufe erhitzen. Den Knoblauch zugeben und 2 Minuten goldbraun braten, aber nicht rösten. Mit einem Schaumlöffel herausheben und wegwerfen.

4 Den Spinat in das Öl geben. Abdecken und 4–5 Minuten garen. Den Deckel abnehmen, eingeweichte Sultaninen und Pinienkerne unterrühren und weitergaren, bis die gesamte Flüssigkeit verdampft ist. Abschmecken und warm halten.

5 Die Kabeljaufilets leicht mit Öl bestreichen und mit Salz und Pfeffer bestreuen. 10 cm von der Hitzequelle entfernt unter den vorgeheizten Grill stellen und 8–10 Minuten grillen, bis das Fleisch fest wird.

6 Den Spinat auf 4 Teller verteilen und die Kabeljaufilets darauflegen. Mit Zitronenspalten servieren.

Seehecht in Weißwein

Zutaten

FÜR 4 PERSONEN

2 EL Mehl
Salz und Pfeffer
4 Seehechtfilets à 150 g
4 EL natives Olivenöl extra
125 ml trockener Weißwein, z. B. Rioja
2 große Knoblauchzehen, sehr fein gehackt
6 Frühlingszwiebeln, in dünne Scheiben geschnitten
2 EL fein gehackte frische Petersilie

Zubereitung

1 Den Backofen auf 230 °C vorheizen. Das Mehl auf einem flachen Teller geben und großzügig mit Salz und Pfeffer würzen. Die Hautseite der Seehechtfilets im gewürzten Mehl wälzen. Überschüssiges Mehl entfernen. Beiseitestellen.

2 Eine flache, ofenfeste Kasserolle auf hoher Stufe erhitzen, bis man die aufsteigende Wärme spürt. Das Öl zugeben und etwa 30 Sekunden erhitzen, bis ein Brotwürfel vom Vortag darin zischt. Die Seehechtfilets mit der Haut nach unten hineingeben und 3 Minuten anbraten, bis die Haut goldbraun ist.

3 Den Fisch wenden und nach Belieben mit Salz und Pfeffer würzen. Den Wein zugießen, dann Knoblauch, Frühlingszwiebeln und Petersilie zugeben. Die Kasserolle ohne Deckel in den vorgeheizten Ofen stellen. Den Fisch 5 Minuten backen, bis sich das Fleisch leicht zerteilen lässt. Das Gericht direkt aus der Kasserolle servieren.

Heilbutt in Pistazienkruste

Zutaten

FÜR 4 PERSONEN

750 g Heilbuttfilet
3 EL Butter, zerlassen
60 g geschälte Pistazien, sehr fein gehackt

Zubereitung

1 Das Heilbuttfilet mit der zerlassenen Butter bestreichen.

2 Die gehackten Pistazien auf einen großen, flachen Teller streuen. Den Fisch darin wenden und vorsichtig andrücken.

3 Die Grillpfanne auf mittlerer Stufe erhitzen. Den Heilbutt 10 Minuten grillen, dabei einmal wenden, bis das Fleisch durch, aber noch zart ist – die genaue Garzeit ist von der Dicke des Filets abhängig.

4 Den Fisch vom Herd nehmen, auf eine große, vorgewärmte Servierplatte legen und sofort servieren.

Schellfisch mit Knoblauchkruste

Zutaten

FÜR 4 PERSONEN

900 g mehlig kochende Kartoffeln, geschält
125 ml Milch
50 g Butter
Salz und Pfeffer
4 Schellfischfilets à 230 g
1 EL Sonnenblumenöl
4 Knoblauchzehen, fein gehackt
2 EL frisch gehackte Petersilie, zum Garnieren

Zubereitung

1 Den Backofen auf 230 °C vorheizen.

2 Die Kartoffeln in Stücke schneiden und in einem Topf mit Salzwasser 15 Minuten weich garen. Abgießen und abtropfen lassen. Im Topf zu einem glatten Püree zerstampfen. Bei geringer Hitze Milch und Butter unterrühren. Mit Salz und Pfeffer abschmecken.

3 Die Schellfischfilets in eine Bratform geben, mit dem Öl bestreichen und den Knoblauch darüberstreuen. Salzen und pfeffern und mit dem Kartoffelpüree bestreichen. 8–10 Minuten im Ofen garen.

4 Den Backofen auf Grillfunktion umstellen und die Fischfilets etwa 2 Minuten gratinieren, bis die Kartoffelkruste goldbraun ist. Mit der Petersilie bestreuen und servieren.

Fischpäckchen mit frischen Kräutern

Zutaten

FÜR 4 PERSONEN

Backspray
4 Flunderfilets, gehäutet
6 EL frisch gehackte Kräuter, z. B. Dill, Petersilie, Schnittlauch, Thymian und Majoran
fein abgeriebene Schale und Saft von 2 Zitronen
1 kleine Zwiebel, in feine Ringe geschnitten
1 EL Kapern, abgespült (nach Belieben)
Salz und Pfeffer

Zubereitung

1 Vier Quadrate aus Alufolie, die ausreichend groß sind, um die Fischfilets einzuschlagen, mit Backspray einfetten.

2 Den Backofen auf 190 °C vorheizen. Je ein Fischfilet in die Mitte der Folienquadrate legen. Mit Kräutern, Zitronenschale und -saft, Zwiebel, Kapern, falls verwendet, Salz und Pfeffer bestreuen. Die Alufolie um den Fisch schlagen und die Kanten gut verschließen. Die Päckchen auf ein Backblech legen.

3 Im vorgeheizten Ofen 15 Minuten garen. Die Päckchen leicht öffnen und sofort servieren.

Seezunge à la Meunière

Zutaten

FÜR 4 PERSONEN

50 g Mehl
1 TL Salz
4 Seezungen à 100 g, ausgenommen und gehäutet
150 g Butter
3 EL Zitronensaft
1 EL frisch gehackte Petersilie
1/4 eingelegte Zitrone, fein gehackt, nach Belieben
Zitronenspalten, zum Garnieren

Zubereitung

1 Mehl und Salz mischen und auf eine große Platte streuen. Die Fische darin wälzen und abschütteln. 3 Esslöffel Butter bei schwacher Hitze in einem kleinen Topf zerlassen und die Fische rundum damit bestreichen.

2 Die Fische 5 Minuten von jeder Seite unter dem vorgeheizten Backofengrill garen.

3 Unterdessen die restliche Butter in einem Topf zerlassen. Eine Schüssel mit kaltem Wasser füllen, die groß genug ist, um den Topf aufzunehmen, und neben den Herd stellen.

4 Die Butter langsam erhitzen, bis sie eine goldbraune Farbe annimmt und nussig riecht. Den Topf sofort vom Herd nehmen und in kaltes Wasser stellen, um den Kochvorgang zu unterbrechen.

5 Die gegrillten Seezungen auf vorgewärmte Teller verteilen, mit Zitronensaft beträufeln und mit Petersilie und eingelegter Zitrone nach Belieben bestreuen. Mit der braunen Butter übergießen. Mit Zitronenspalten garnieren und sofort servieren.

Seezunge Florentiner Art

Zutaten

FÜR 4 PERSONEN

600 ml Milch
2 Streifen Zitronenschale
2 frische Estragonzweige
1 Lorbeerblatt
1/2 Zwiebel, in Ringen
50 g Butter, plus etwas mehr zum Einfetten
50 g Mehl
2 TL Senfpulver
2 EL frisch geriebener Parmesan
300 g Crème double
1 Prise frisch geriebene Muskatnuss
Salz und Pfeffer
450 g frischer Spinat
8 Seezungenfilets (2 von jeder Seite eines Fischs, insgesamt 750 g)

Zum Servieren

grüner Salat
frisches knuspriges Brot

Zubereitung

1 Den Backofen auf 200 °C vorheizen. Milch, Zitronenschale, Estragon, Lorbeerblatt und Zwiebel in einen Topf geben und vorsichtig aufkochen. Vom Herd nehmen und 30 Minuten ruhen lassen, damit die Aromen gut durchziehen.

2 Die Butter in einem Topf zerlassen, Mehl und Senfpulver einrühren. Die gewürzte Milch abseihen, Zitronenschale, Kräuter und Zwiebel wegwerfen. Die Milch nach und nach zur Mehlmischung geben und glatt rühren. Kurz aufkochen, dann bei schwacher Hitze unter Rühren eindicken. Noch 2 Minuten köcheln, vom Herd nehmen. Parmesan, Crème double, Muskat, Salz und Pfeffer unterrühren. Mit Folie abdecken.

3 Eine große Auflaufform einfetten. Den Spinat 30 Sekunden in kochendem Salzwasser blanchieren. Abgießen und kalt abspülen. Abtropfen lassen, trocken tupfen und auf dem Boden einer Auflaufform verteilen.

4 Die Fischfilets abspülen und trocken tupfen. Salzen, pfeffern und aufrollen. Auf den Spinat legen und mit der Käsesauce übergießen. Im Ofen 35 Minuten goldbraun überbacken. Mit grünem Salat und knusprigem Brot servieren.

Petersfisch en Papillote

Zutaten

FÜR 4 PERSONEN

2 Petersfische, filetiert
120 g schwarze Oliven, entsteint
12 Kirschtomaten, halbiert
120 g grüne Bohnen
1 Handvoll frische Basilikumblätter, plus einige Blätter zum Garnieren
4 Zitronenscheiben
4 TL natives Olivenöl extra
Salz und Pfeffer
frisch gekochte Frühkartoffeln, zum Servieren

Zubereitung

1 Den Backofen auf 200 °C vorheizen. Die Fischfilets abspülen und trocken tupfen. Aus Backpapier 4 Rechtecke à 50 cm x 30 cm zuschneiden. Jedes in Längsrichtung falten, sodass ein Rechteck von 25 cm x 30 cm entsteht. Aus diesem eine große Herzform schneiden und entfalten.

2 Ein Filet auf eine Hälfte des Papierherzens legen. Mit je einem Viertel der Oliven, Tomaten, Bohnen und des Basilikums sowie mit 1 Zitronenscheibe belegen. Mit 1 Teelöffel Olivenöl beträufeln. Kräftig mit Salz und Pfeffer würzen.

3 Die andere Papierhälfte darüberschlagen und durch Umfalten der Papierränder verschließen. Auf diese Weise 4 Papierpäckchen vorbereiten.

4 Die Päckchen auf ein Backblech legen und 15 Minuten backen, bis der Fisch gar ist.

5 Die Päckchen ungeöffnet auf die Teller geben und erst zum Essen öffnen. Mit frischen Basilikumblättern garnieren und dazu gekochte Kartoffeln reichen.

Rochen in Buttersauce

Zutaten

FÜR 4 PERSONEN

4 Rochenflügel à 180 g
600 ml Fischfond
220 ml trockener Weißwein
Salz und Pfeffer
60 g Butter
2 EL Zitronensaft
2 TL Kapern aus dem Glas, abgetropft
2 EL frisch gehackte Petersilie

Zubereitung

1 Den Fisch in eine große, schwere Pfanne geben, Fischfond und Wein zugießen und mit Salz und Pfeffer würzen. Aufkochen, dann bei reduzierter Hitze 10–15 Minuten köcheln, bis der Fisch gar ist.

2 Inzwischen die Butter in einer großen, schweren Pfanne langsam zerlassen und leicht bräunen (aber nicht anbrennen lassen). Den Zitronensaft einrühren, Kapern und Petersilie zufügen und weitere 1–2 Minuten erhitzen.

3 Den Fisch auf vorgewärmten Tellern anrichten und mit der Buttersauce sofort servieren.

Marokkanischer Fisch-Tagine

Zutaten

FÜR 4 PERSONEN

2 EL natives Olivenöl extra
1 große Zwiebel, fein gehackt
1 Msp. Safranfäden
1/2 TL Zimt
1 TL gemahlener Koriander
1/2 TL gemahlener Kreuzkümmel
1/2 TL Kurkuma
200 g gehackte Tomaten aus der Dose
300 ml Fischfond
4 kleine küchenfertige Red Snapper, filetiert
50 g grüne Oliven, entsteint
1 EL gehackte eingelegte Zitrone
3 EL frisch gehackter Koriander
Salz und Pfeffer
frisch gekochter Couscous, zum Servieren

Zubereitung

1 Das Öl in einem großen Topf oder einer Pfanne erhitzen und die Zwiebel unter gelegentlichem Rühren darin 10 Minuten bei schwacher Hitze glasig dünsten, aber nicht bräunen. Safran, Zimt, Koriander, Kreuzkümmel und Kurkuma zugeben und unter ständigem Rühren weitere 30 Sekunden braten.

2 Tomaten und Fischfond in den Topf geben und gründlich verrühren. Aufkochen, abdecken und 15 Minuten köcheln. Dann ohne Deckel weitere 20–35 Minuten köcheln, bis die Sauce andickt.

3 Die Red-Snapper-Filets halbieren und in die Sauce geben. Weitere 5–6 Minuten köcheln, bis der Fisch gerade gar ist.

4 Vorsichtig Oliven, Zitrone und den frischen Koriander einrühren. Mit Salz und Pfeffer abschmecken und direkt aus dem Topf oder der Pfanne mit Couscous servieren.

Knuspriger Red Snapper mit Mais-Papaya-Relish

Zutaten

FÜR 4 PERSONEN

4 Red-Snapper-Filets à 80 g
Backspray
2 Zitronen, halbiert, zum Servieren

Relish

2 EL fein gehackte Zwiebeln
1 TL Zucker
2 EL Weißweinessig
2 EL Mais
1/4 TL fein gehackte Chili
100 ml Wasser
1/4 TL gelbe Senfkörner
1 Prise gemahlene Kurkuma
1 TL Speisestärke, angerührt mit etwas kaltem Wasser
50 g Papaya, in 5 mm große Würfel geschnitten

Gewürzmischung

1/4 TL Paprika
1/2 TL Zwiebelpulver
1/4 TL getrockneter Thymian
1/4 TL getrockneter Oregano
1/4 TL Cayennepfeffer
1/4 TL gemahlener Pfeffer
1/2 TL Speisestärke

Zubereitung

1 Für das Relish Zwiebeln, Zucker, Essig, Mais, Chili, Wasser, Senfkörner und Kurkuma in einem kleinen Topf bei mittlerer Hitze zum Kochen bringen und 10 Minuten köcheln lassen. Die Speisestärke unterrühren und unter ständigem Rühren weitergaren, bis das Relish etwas eindickt (ausgekühlt ist das Relish noch etwas dickflüssiger). Die Papaya unterrühren und auskühlen lassen.

2 Für die Gewürzmischung alle Zutaten in einer Schale sorgfältig mischen.

3 Die Red-Snapper-Filets von beiden Seiten mit der Gewürzmischung bestreuen. Die Gewürzmischung leicht in das Fleisch einklopfen und Überschüssiges abschütteln.

4 Eine beschichtete Pfanne stark erhitzen. Die Filets auf beiden Seiten leicht mit Fett besprühen und 2 Minuten anbraten. Die Filets wenden und gar braten. (Dickere Filets unter dem vorgeheizten Grill des Backofens fertig garen; dies verhindert, dass die Gewürzmischung anbrennt.) Den Fisch aus der Pfanne nehmen.

5 Die Zitronen mit der Schnittfläche nach unten in die Pfanne geben und bei starker Hitze 2–5 Minuten anbräunen. Die Filets auf vorgewärmten Tellern mit dem Relish und den Zitronenhälften servieren.

Red Snapper mit Fenchel

Zutaten

FÜR 4 PERSONEN

250 g Semmelbrösel
2 EL Milch
1 Fenchelknolle, in dünne Scheiben geschnitten, das Grün für die Garnierung aufbewahren
1 EL Zitronensaft
2 EL Sambuca
1 EL frisch gehackter Thymian
1 Lorbeerblatt, zerpflückt
1 Red Snapper, ausgenommen, gesäubert und geschuppt
Salz und Pfeffer
3 EL Olivenöl, plus etwas mehr zum Bestreichen
1 rote Zwiebel, gehackt
300 ml trockener Weißwein

Zubereitung

1 Die Semmelbrösel in eine Schüssel geben, die Milch zufügen und 5 Minuten einweichen lassen. Den Fenchel in eine andere Schüssel geben, Zitronensaft, Sambuca, Thymian und Lorbeerblatt zugeben. Die Semmelbrösel ausdrücken und unter die Mischung rühren. Gut vermischen.

2 Den Fisch innen und außen unter fließend kaltem Wasser abspülen und mit Küchenpapier trocken tupfen. Mit Salz und Pfeffer würzen. Die Füllung in die Bauchhöhle löffeln und den Fisch mit Küchengarn verschließen.

3 Den Backofen auf 240 °C vorheizen. Eine Auflaufform mit Olivenöl bestreichen und den Boden mit der Zwiebel bestreuen. Den Fisch in die Form legen und mit Wein begießen – der Fisch sollte zu zwei Dritteln bedeckt sein. Den Fisch mit Olivenöl bestreichen und 25–30 Minuten im Ofen garen. Dabei den Fisch gelegentlich mit den Bratensäften bestreichen. Wenn er zu braun wird, mit Alufolie abdecken.

4 Den Fisch vorsichtig auf einen vorgewärmten Servierteller legen und das Küchengarn entfernen. Mit Fenchelgrün garnieren und sofort servieren.

Gegrillter Seebarsch mit Artischockenherzen

Zutaten

FÜR 6 PERSONEN

1,8 kg Babyartischocken
3 EL frisch gepresster Zitronensaft, plus ausgepresste Zitronenhälften
180 ml Olivenöl, plus etwas mehr zum Bestreichen
10 Knoblauchzehen, in dünne Scheiben geschnitten
1 EL frisch gehackter Thymian, plus etwas mehr zum Garnieren
Salz und Pfeffer
6 Seebarschfilets à 120 g
ofenfrisches Brot, zum Servieren

Zubereitung

1 Die äußeren Blätter der Artischocken abzupfen, bis das gelbgrüne Herz freiliegt. Die Artischockenspitzen tief abschneiden. Den Strunk abschneiden und die dunkelgrünen Blätter, die den Boden umgeben, entfernen.

2 Die Artischockenherzen mit den Zitronenhälften in kaltes Wasser legen, damit sie nicht braun werden. Die vorbereiteten Herzen anschließend in Scheiben schneiden.

3 Olivenöl in einem großen Topf erhitzen und Artischockenherzen, Knoblauch, Thymian und Zitronensaft zugeben. Mit Salz und Pfeffer abschmecken, abdecken und 20–30 Minuten leicht dünsten, ohne die Herzen zu bräunen.

4 Unterdessen die Fischfilets mit etwas Olivenöl bestreichen und kräftig mit Salz und Pfeffer würzen. 3–4 Minuten von jeder Seite in einer vorgeheizten Grillpfanne oder auf dem Holzkohlegrill garen.

5 Die gedünsteten Artischockenherzen auf vorgewärmte Teller verteilen und jeweils mit einem Seebarschfilet belegen. Mit gehacktem Thymian garnieren und sofort mit reichlich frischem Brot servieren.

Wolfsbarsch süß-sauer

Zutaten

FÜR 2 PERSONEN

60 g Pak Choi, in Streifen geschnitten
3 EL Bohnensprossen
3 EL Shiitake-Pilze, in Streifen geschnitten
3 EL Austernpilze, in Streifen geschnitten
1 1/2 EL Frühlingszwiebeln, in feine Ringe geschnitten
1 TL frisch geriebener Ingwer
1 EL fein geschnittenes Zitronengras
2 Seebarschfilets à 100 g
2 TL Sesamsaat, geröstet

Süß-saure Sauce

100 ml ungesüßter Ananassaft
100 ml Tomatensaft
1 EL Zucker
1 EL Rotweinessig
2 Sternanis, zerdrückt
1 EL Speisestärke, angerührt mit etwas kaltem Wasser

Zubereitung

1 Aus Backpapier und Alufolie jeweils 2 Quadrate mit 40 cm Seitenlänge schneiden.

2 Für die Sauce Ananas- und Tomatensaft, Zucker, Rotweinessig und Sternanis in einem Topf erhitzen und 1–2 Minuten köcheln lassen. Die Speisestärke unterrühren und die Sauce unter Rühren eindicken. Durch ein feines Haarsieb in eine Schale gießen und auskühlen lassen.

3 In einer Schüssel Pak Choi, Sprossen, Pilze und Frühlingszwiebeln vermengen. Ingwer und Zitronengras unterheben.

4 Den Backofen auf 200 °C vorheizen. Die Backpapierquadrate auf die Alufolienquadrate legen und zu Dreiecken falten. Die Dreiecke wieder öffnen und die Gemüsemischung in die Mitte geben. Die Sauce darauf verteilen und die Fischfilets daraufsetzen. Mit dem Sesam bestreuen. Die Dreiecke über dem Fisch schließen und von der Spitze ausgehend die Ränder fest einschlagen.

5 Die Päckchen auf ein Backblech setzen und im vorgeheizten Ofen 10 Minuten bei garen, bis der Dampf sie aufbläht. Die Päckchen auf Teller setzen und am Tisch aufschneiden.

Lachsfilets mit Sauce hollandaise und Spinat

Zutaten

FÜR 4 PERSONEN

je 1 EL Thymian, Rosmarin, Oregano und Paprika edelsüß
1 TL Knoblauchpulver
2 TL Kreuzkümmelsamen
1 EL Meersalz
4 Lachsfilets ohne Haut
1 EL Öl
200 g junge Spinatblätter

Sauce hollandaise

3 Eigelb
200 g Butter
1 EL Zitronensaft
Pfeffer

Zubereitung

1 Getrocknete Kräuter, Paprika, Knoblauchpulver, Kreuzkümmelsamen und Meersalz in einer Gewürzmühle mahlen oder in einem Mörser zerstoßen. Die Lachsfilets auf einer Seite mit je 1 Esslöffel der Gewürzmischung einreiben.

2 Das Öl in einer großen Pfanne erhitzen und die Filetstücke mit der gewürzten Seite nach unten 2–3 Minuten goldbraun anbraten. Die Filetstücke wenden und bis zur gewünschten Garstufe braten. Den Fisch allerdings nicht zu lange braten, sonst wird er trocken.

3 Für die Sauce hollandaise das Eigelb mit dem Pürierstab oder im Mixer verquirlen. Die Butter in einem kleinen Topf zerlassen, bis sie schäumt, und bei laufendem Motor in einem dünnen Strahl zum Eigelb geben, bis die Sauce dick und cremig ist. Den Zitronensaft untermischen und etwas warmes Wasser zufügen, falls die Sauce zu dick wird. Mit Pfeffer würzen. Die Sauce in eine Sauciere füllen und warm halten.

4 Die Spinatblätter auf 4 Teller verteilen und die Lachsfilets darauf anrichten. Mit etwas Sauce überziehen und sofort servieren.

Lachsfilets mit Porree-Kräuter-Haube

Zutaten

FÜR 4 PERSONEN

6 EL natives Olivenöl extra
1 Zwiebel, in Ringe geschnitten
1 Porreestange, in Ringe geschnitten
Saft von 1/2 Zitrone
2 EL frisch gehackte Petersilie
2 EL frisch gehackter Dill
Salz und Pfeffer
500 g Lachsfilets
frisch gedämpfter Blattspinat, zum Servieren

Zum Garnieren

Zitronenscheiben
frische Dillzweige

Zubereitung

1 Den Backofen auf 200 °C vorheizen.

2 Einen Esslöffel des Öls in einer Pfanne erhitzen. Zwiebel und Porree bei mittlerer Hitze 4 Minuten unter gelegentlichem Rühren andünsten, bis sie etwas weich geworden sind.

3 In der Zwischenzeit das restliche Öl in eine kleine Schüssel gießen und mit Zitronensaft und Kräutern verrühren. Mit Salz und Pfeffer abschmecken. Die Lachsfilets unter fließend kaltem Wasser abspülen und mit Küchenpapier trocken tupfen. Nebeneinander in eine große flache Auflaufform legen.

4 Die Pfanne vom Herd nehmen. Die Zwiebel-Porree-Mischung auf den Lachsfilets verteilen und mit der Zitronen-Kräuter-Mischung beträufeln, sodass sie möglichst vollständig bedeckt sind. Im vorgeheizten Ofen auf der mittleren Schiene 10 Minuten garen.

5 Die Lachsfilets mit dem Blattspinat auf Tellern anrichten. Mit Zitronenscheiben und Dill garniert servieren.

Spieße mit Lachs und Jakobsmuscheln

Zutaten

FÜR 4 PERSONEN

200 g Vollkorn-Basmatireis
1/2 Salatgurke, in Würfeln
4 Frühlingszwiebeln, in Ringen
1/2 Bund frischer Koriander, gehackt
1 rote Paprika, in Würfeln
1 grüne Chili, entkernt und in dünnen Streifen
Saft von 1 Limette
2 EL Sesamöl
500 g Lachsfilet, in Würfeln
8 Jakobsmuscheln, ausgelöst und geputzt
50 g frische Ingwerwurzel
Saft von 1 Zitrone
1 EL natives Olivenöl extra
grüner Salat, zum Servieren

Zubereitung

1 In einem großen Topf Wasser zum Kochen bringen, den Reis zugeben und 25 Minuten kochen, bis der Reis gar ist. Abtropfen und abkühlen lassen. Anschließend den Reis in einer Schüssel mit Gurke, Frühlingszwiebeln, Koriander, Paprika, Chili, Limettensaft und Sesamöl vermengen. Abdecken und ziehen lassen.

2 Unterdessen die Lachswürfel in eine flache, metallfreie Schüssel füllen. Jede Jakobsmuschel halbieren und in die Schüssel geben. Mit einer Knoblauchpresse oder einem Messer den Saft aus dem Ingwer pressen. Den Ingwersaft mit dem Zitronensaft und dem Olivenöl in einer kleinen Schüssel mischen und über Fisch und Muscheln gießen. Diese in der Marinade wenden und abgedeckt 30 Minuten im Kühlschrank marinieren. 8 Holzspieße 30 Minuten in kaltem Wasser einweichen, dann herausnehmen.

3 Den Backofengrill auf hoher Stufe vorheizen. Lachs und Muscheln gleichmäßig auf die Spieße verteilen und diese unter dem Grill 3–4 Minuten von jeder Seite garen.

4 Die heißen Fischspieße mit dem Reissalat und einem grünen Salat servieren.

Lachs mexikanische Art

Zutaten

FÜR 4 PERSONEN

Marinade

4 Knoblauchzehen, fein gehackt
2 EL natives Olivenöl extra
1 Prise gemahlener Piment
1 Prise gemahlener Zimt
Saft von 2 Limetten
1–2 TL Flüssigkeit von eingelegten Chipotle-Chillies oder Chipotle-Chili-Salsa
1/4 TL gemahlener Kreuzkümmel
1 Prise Zucker
Salz und Pfeffer

4 Lachssteaks à 225 g
Limettenscheiben, zum Garnieren

Zum Servieren

Tomatenspalten
3 Frühlingszwiebeln, fein gehackt
Salatblätter

Zubereitung

1 Für die Marinade Knoblauch, Olivenöl, Piment, Zimt, Limettensaft, Chipotle-Flüssigkeit oder -Salsa, Kreuzkümmel und Zucker in einer kleinen Schüssel verrühren. Mit Salz und Pfeffer abschmecken.

2 Die Lachssteaks mit der Marinade bestreichen und in eine nicht metallische Schüssel legen. Mindestens 1 Stunde, besser über Nacht, im Kühlschrank ziehen lassen.

3 Die Lachssteaks in eine flache Bratform geben und unter dem vorgeheizten Grill des Backofens von jeder Seite 3–4 Minuten garen. Die Steaks eignen sich auch zum Braten auf dem Elektro- oder Holzkohlegrill.

4 Zum Servieren Tomatenspalten und Frühlingszwiebeln vermengen. Die Lachssteaks mit den Tomaten und dem grünen Salat anrichten. Mit Limettenscheiben garniert servieren.

Thunfisch mit Orangen und Sardellen

Zutaten

FÜR 4–6 PERSONEN

200 ml frisch gepresster Orangensaft
3 EL natives Olivenöl extra
60 g in Öl eingelegte Sardellenfilets, grob gehackt, das Öl aufbewahren
1 kleine Prise Chilipulver (oder nach Belieben)
Pfeffer
1 Thunfischfilet (600 g)

Zubereitung

1 Orangensaft, 2 Esslöffel Olivenöl, Sardellen samt Öl, Chilipulver und Pfeffer nach Belieben in einer Schüssel mischen. Den Thunfisch hineingeben und die Marinade darübergießen. Abdecken und für mindestens 2 Stunden in den Kühlschrank stellen, den Thunfisch gelegentlich wenden. 20 Minuten vor dem Weiterverarbeiten aus dem Kühlschrank holen, damit er sich auf Zimmertemperatur erwärmt.

2 Den Backofen auf 220 °C vorheizen. Den Thunfisch aus der Marinade nehmen und trocken tupfen. 1 Esslöffel Öl in einer Pfanne auf hoher Stufe erhitzen. Den Thunfisch hineingeben und auf jeder Seite 1 Minute scharf anbraten, bis er leicht gebräunt ist. In eine kleine Bratform legen und mit Alufolie abdecken.

3 Im Ofen zwischen 8 (schwach bis halb durchgegart) und 10 Minuten (halb bis ganz durchgegart) backen. Aus dem Ofen nehmen und beiseitestellen. Vor dem Aufschneiden kurz ruhen lassen.

4 Inzwischen die Marinade in einem kleinen Topf auf hoher Stufe sprudelnd aufkochen und mindestens 2 Minuten kochen.

5 Den Thunfisch auf eine Servierplatte legen und in dicke Scheiben schneiden. Die Sauce separat reichen.

Gegrillter Thunfisch mit Chili-Salsa

Zutaten

FÜR 4 PERSONEN

4 Thunfischsteaks à 175 g
abgeriebene Schale und Saft von 1 Limette
2 EL Olivenöl
Salz und Pfeffer
frische Korianderzweige, zum Garnieren

Chili-Salsa

2 orangefarbene Paprika
1 EL Olivenöl
Saft von 1 Limette
Saft von 1 Orange
2–3 rote Chillies, entkernt und gehackt
1 Prise Cayennepfeffer

Zubereitung

1 Die Thunfischsteaks gründlich unter fließend kaltem Wasser abwaschen, anschließend mit Küchenpapier trocken tupfen und in eine flache Auflaufform legen. Mit Limettenschale bestreuen, mit Limettensaft und Olivenöl beträufeln. Dann mit Salz und Pfeffer würzen und mit Frischhaltefolie abgedeckt 1 Stunde im Kühlschrank marinieren.

2 Den Backofengrill vorheizen. Für die Salsa die Paprika mit Olivenöl bestreichen und unter Wenden bei starker Hitze 10 Minuten grillen, bis die Haut geschwärzt ist. Etwas abkühlen lassen, die Schale abziehen und die Kerne entfernen. Dann die Paprika mit den übrigen Zutaten im Mixer pürieren, in eine Schüssel umfüllen und mit Salz und Pfeffer würzen.

3 Die Thunfischsteaks bei starker Hitze von jeder Seite 4–5 Minuten grillen. Den Fisch auf Portionstellern anrichten, mit Koriander garnieren und mit der Salsa servieren.

Reis & Nudeln

Italien und Spanien haben lange Küsten, und so ist es nicht weiter überraschend, dass Fisch und Meeresfrüchte eine bedeutende Rolle in der kulinarischen Tradition beider Länder spielen. So sind sie fester Bestandteil vieler regionaler Varianten der Paella, der bekannten spanischen Reispfanne. *Paella mit Muscheln und Weißwein* oder *Meeresfrüchte-Paella* machen das Beste aus den Schätzen des Meeres.

Das klassische italienische Reisgericht, das herrlich cremige Risotto, lässt sich ebenfalls wunderbar mit Fisch und Meeresfrüchten ergänzen. *Garnelen-Spargel-Risotto* und *Risotto mit Jakobsmuscheln* sind einfach und doch raffiniert, und wenn Sie Krusten- und Schalentiere mögen, werden Sie den *Venezianischen Risotto* mit Garnelen, Mies- und Venusmuscheln lieben.

Pasta ist ebenfalls ein guter Partner für Fisch und Meeresfrüchte, besonders Räucherlachs: Versuchen Sie *Fettucine mit Räucherlachs* oder *Linguine mit Räucherlachs und Rucola* – beides leichte, bekömmliche Gerichte.

Asiatische Reisnudeln sind besonders für Menschen mit Glutenunverträglichkeit geeignet. Entdecken Sie Gerichte wie das *Fisch-Curry mit Reisnudeln*, den *Thailändischen Meeresfrüchtesalat*, die *Malaysischen Kokosnudeln mit Garnelen* oder das *Garnelen-Laksa*!

Paella mit Muscheln und Weißwein

Zutaten

FÜR 4–6 PERSONEN

150 g Kabeljaufilet, unter kaltem Wasser abgespült
1,3 l siedender Fischfond
200 g Miesmuscheln, abgebürstet und Bärte entfernt
3 EL Olivenöl
1 große rote Zwiebel, gehackt
2 Knoblauchzehen, zerdrückt
1/2 TL Cayennepfeffer
1/2 TL Safranfäden, eingeweicht in 2 EL heißem Wasser
225 g Tomaten, gehäutet und in Spalten geschnitten
1 rote Paprika, in Streifen geschnitten
1 grüne Paprika, in Streifen geschnitten
375 g Paella- oder Rundkornreis
100 ml Weißwein
150 g Erbsen
1 EL frisch gehackter Dill, plus etwas mehr zum Garnieren
Salz und Pfeffer
Zitronenspalten, zum Servieren

Zubereitung

1 Den Kabeljau im Fischfond gar ziehen lassen. Herausheben, abschrecken, abtropfen lassen und in Stücke schneiden. Die Muscheln in den Fond geben und 5 Minuten kochen, bis sie sich öffnen. Mit einem Schaumlöffel herausnehmen und mit dem Kabeljau in eine Schüssel geben. Geschlossene Exemplare aussortieren.

2 Das Öl erhitzen und die Zwiebeln bei mittlerer Hitze weich dünsten. Knoblauch, Cayennepfeffer sowie Safran samt Einweichwasser zufügen und unter ständigem Rühren 1 Minute garen. Tomaten und Paprika zugeben und unter Rühren 2 Minuten dünsten.

3 Den Reis zufügen und unter Rühren 1 Minute dünsten. Mit Wein und den Großteil des Fonds ablöschen. Zum Kochen bringen, dann 10 Minuten stehen lassen, dabei nicht rühren, sondern die Pfanne gelegentlich rütteln. Erbsen, Dill, Salz und Pfeffer zugeben und 10 Minuten garen, bis der Reis fast gar ist. Falls nötig, die restliche Brühe dazugießen. Kabeljau und Muscheln zugeben und 3 weitere Minuten garen.

4 Wenn die Flüssigkeit absorbiert und ein leicht gerösteter Duft wahrzunehmen ist, die Pfanne sofort vom Herd nehmen. Mit Alufolie abdecken und 5 Minuten ruhen lassen. Mit Dill und Zitronenspalten garniert servieren.

Meeresfrüchte-Paella

Zutaten

FÜR 4–6 PERSONEN

1/2 TL Safranfäden
2 EL heißes Wasser
150 g Kabeljaufilet, ohne Haut und abgespült
1,25 l heißer Fischfond
12 rohe Riesengarnelen, ausgelöst
450 g küchenfertiger Tintenfisch, in mundgerechten Stücken, oder ausgelöste Jakobsmuscheln
3 EL natives Olivenöl extra
1 große rote Zwiebel, gehackt
2 Knoblauchzehen, zerdrückt
1 kleine frische rote Chili, entkernt und fein gehackt
250 g Tomaten, gehäutet und in Spalten
375 g Paella-Reis
1 EL frisch gehackte Petersilie
2 TL frisch gehackter Dill
Salz und Pfeffer
1 Zitrone, halbiert, zum Servieren

Zubereitung

1 Safranfäden und Wasser in einer kleinen Schale einige Minuten ziehen lassen.

2 Den Fisch 5 Minuten im heißen Fond garen, dann herausheben, unter fließend kaltem Wasser abspülen, abtropfen lassen, in Würfel schneiden und beiseitestellen. Garnelen und Tintenfisch oder Muscheln 2 Minuten im heißen Fond kochen, dann zum Kabeljau geben. Den Fond weiterköcheln lassen.

3 Das Öl bei mittlerer Hitze in einer Paella-Pfanne erwärmen. Die Zwiebel darin unter Rühren weich dünsten. Dann Knoblauch, Chili und den Safran samt Einweichwasser zufügen und 1 Minute mitkochen. Die Tomaten zugeben und alles 2 Minuten unter Rühren dünsten. Reis und Kräuter in die Pfanne geben und etwa 1 Minute unter Rühren anschwitzen. Den Großteil des Fonds zugießen, aufkochen und die Paella 10 Minuten sanft köcheln lassen; dabei nicht umrühren, die Pfanne nur ein- bis zweimal schütteln. Mit Salz und Pfeffer würzen und weitere 10 Minuten kochen, bis der Reis fast gar ist; bei Bedarf etwas mehr Fond zugießen. Schließlich Fisch und Meeresfrüchte zufügen und die Paella weitere 2 Minuten kochen.

4 Sobald die gesamte Flüssigkeit aufgenommen ist und ein leichtes Röstaroma entsteht, die Paella vom Herd nehmen, mit Alufolie abdecken und 5 Minuten ziehen lassen. Anschließend mit den Zitronenhälften garnieren.

Risotto mit Thunfisch und Pinienkernen

Zutaten

FÜR 4 PERSONEN

3 EL Butter
4 EL Olivenöl
1 kleine Zwiebel, fein gehackt
280 g Arborio-Reis
1,25 l siedender Fischfond oder Hühnerbrühe
Salz und Pfeffer
220 g Thunfisch aus der Dose, abgetropft, oder gegrillte frische Steaks
8–10 schwarze Oliven, entsteint und in Ringe geschnitten
1 kleine milde Chili, in feine Ringe geschnitten
1 TL frisch gehackte Petersilie
1 EL frisch gehackter Majoran
2 EL Weißweinessig
50 g Pinienkerne
1 Knoblauchzehe, gehackt
220 g Tomaten, gehäutet, entkernt und gewürfelt
80 g frisch geriebener Parmesan oder Grana Padano

Zubereitung

1 2 Esslöffel Butter mit 1 Esslöffel Öl in einer tiefen Pfanne bei mittlerer Hitze zerlassen und die Zwiebel unter gelegentlichem Rühren andünsten, bis sie Farbe annimmt. Die Hitze reduzieren, den Reis zugeben und rühren, bis die Körner glasig werden. Den heißen Fond schöpfkellenweise unter ständigem Rühren zugießen, bis die Flüssigkeit absorbiert und der Reis cremig ist. Abschmecken.

2 Während der Risotto gart, den Thunfisch in einer Schüssel zerpflücken und mit Oliven, Chili, Petersilie, Majoran und Essig vermengen. Mit Salz und Pfeffer würzen.

3 Das restliche Öl in einer kleinen Pfanne stark erhitzen. Pinienkerne und Knoblauch zugeben und unter ständigem Rühren 2 Minuten braten, bis sie zu bräunen beginnen. Die Tomatenwürfel untermischen. Bei mittlerer Hitze weitere 3–4 Minuten garen, bis die Tomaten heiß sind. Über die Thunfischmasse geben und vermengen. Diese Mischung 5 Minuten vor Garende unter den Risotto heben.

4 Den Risotto vom Herd nehmen, wenn die ganze Flüssigkeit absorbiert ist, und die restliche Butter unterziehen. Den Parmesan unterrühren, bis er schmilzt. Sofort servieren.

Seezungen-Risotto

Zutaten

FÜR 4 PERSONEN

3 EL Butter
3 EL natives Olivenöl extra
1 kleine Zwiebel, fein gehackt
280 g Arborio-Reis
1,25 l heißer Fischfond oder heiße Hühnerbrühe
Salz und Pfeffer
450 g Tomaten, gehäutet, entkernt und in Streifen
6 sonnengetrocknete Tomaten in Öl, abgetropft und in dünnen Streifen
3 EL Tomatenmark
50 ml Rotwein
450 g Schollen- oder Flunderfilets, ohne Haut und in Streifen
125 g frisch geriebener Parmesan oder Grana Pardano
2 EL frisch gehackter Koriander, zum Garnieren

Zubereitung

1 In einem hohen Topf 2 Esslöffel Butter mit 1 Esslöffel Öl bei mittlerer Hitze zerlassen. Die Zwiebel darin unter gelegentlichem Rühren 5 Minuten weich dünsten. Dann die Hitze reduzieren, den Reis zugeben und unter ständigem Rühren 2–3 Minuten anschwitzen, bis er glasig wird. Nach und nach schöpflöffelweise Fond oder Brühe zugeben und ständig rühren, bis der Reis gar und cremig ist und die gesamte Brühe aufgenommen hat. Dann mit Salz und Pfeffer würzen.

2 Das restliche Öl in einer großen Pfanne erhitzen. Die frischen und die getrockneten Tomaten darin 10–15 Minuten dünsten, bis sie zusammenfallen bzw. weich werden. Nun Tomatenmark und Wein einrühren. Alles aufkochen, dann die Hitze reduzieren, bis die Mischung nur noch leicht köchelt, und vorsichtig den Fisch zufügen. Alles 5 Minuten kochen, bis der Fisch leicht zerfällt, wenn man ihn mit einer Gabel einsticht. Die Sauce sollte nun stark eingekocht sein. Falls nicht, den Fisch herausnehmen, die Hitze erhöhen und die Sauce reduzieren.

3 Den Risotto vom Herd nehmen und die restliche Butter einrühren. Dann den Käse unterheben und schmelzen lassen. Den fertigen Risotto auf Teller verteilen, Fisch und Sauce darauf anrichten, mit Koriander garnieren und sofort servieren.

Venezianischer Risotto

Zutaten

FÜR 4 PERSONEN

250 g rohe Garnelen, ausgelöst (Schalen und Köpfe beiseitegestellt)
2 Knoblauchzehen, halbiert
1 Zitrone, in Scheiben
250 g Miesmuscheln*, abgebürstet und Bärte entfernt
250 g Venusmuscheln*, abgebürstet
600 ml Wasser
125 g Butter
1 EL natives Olivenöl extra
1 Zwiebel, fein gehackt
2 EL frisch gehackte glatte Petersilie
350 g Arborio-Reis
125 ml trockener Weißwein
250 g küchenfetiger Tintenfisch, in kleinen Stücken, oder Tintenfischringe
4 EL Marsala
Salz und Pfeffer

*Alle Muscheln, die nach dem Kochen geschlossen bleiben, wegwerfen.

Zubereitung

1 Köpfe und Schalen der Garnelen in ein Baumwollsäckchen geben und zerstoßen. Im Säckchen mit Knoblauch, Zitrone, Mies- und Venusmuscheln in einen Topf geben. Wasser zugießen und abgedeckt bei starker Hitze aufkochen. Unter häufigem Schütteln des Topfes etwa 5 Minuten kochen, bis die Muscheln sich öffnen. Abkühlen lassen, das Muschelfleisch auslösen und beiseitestellen. Den Sud durch ein mit Musselin ausgelegtes Sieb seihen und mit Wasser auf 1,2 Liter auffüllen. In einem Topf aufkochen und dann köcheln lassen.

2 In einem großen Topf 2 Esslöffel Butter mit dem Öl zerlassen. Die Zwiebel darin mit der Hälfte der Petersilie unter Rühren weich dünsten. Den Reis zugeben und unter ständigem Rühren 2–3 Minuten anschwitzen, bis er glasig wird. Den Wein zugießen und 1 Minute unter Rühren kochen, bis er reduziert ist. Den Muschelsud nach und nach zugeben; dabei ständig rühren, bis der Reis gar und cremig ist und den gesamten Sud aufgenommen hat.

3 In einem Topf 50 g Butter zerlassen. Den Tintenfisch darin unter Rühren 3 Minuten braten. Die Garnelen zufügen und 2–3 Minuten mitbraten, bis der Tintenfisch weiß und die Garnelen rosa sind. Marsala zugießen, aufkochen und verdampfen lassen. Alle Meeresfrüchte mit der restlichen Butter und der Petersilie in den Reis rühren. Mit Salz und Pfeffer abschmecken.

Hummer-Risotto

Zutaten

FÜR 2 PERSONEN

1 gegarter Hummer, etwa 400–450 g
1 EL Olivenöl
50 g Butter
1/2 Zwiebel, fein gehackt
1 Knoblauchzehe, fein gehackt
1 TL frisch gehackter Thymian
175 g Arborio-Reis
150 ml Prosecco
625 ml siedender Fischfond
1 TL eingelegte grüne oder rosafarbene Pfefferkörner, abgetropft und grob gehackt
1 EL frisch gehackte Petersilie

Zubereitung

1 Die Hummerscheren durch Drehen entfernen. Die Scheren mit dem Rücken eines großen Messers aufbrechen. Den Rumpf der Länge nach bäuchlings aufschneiden. Den Darmfaden und den Magensack entfernen. Das Fleisch aus dem Panzer herauslösen und grob zerkleinern.

2 Das Öl mit der Hälfte der Butter bei mittlerer Hitze in einem großen Topf erhitzen. Die Zwiebel 5 Minuten unter gelegentlichem Rühren andünsten. Den Knoblauch zugeben und weitere 30 Sekunden garen. Den Thymian zugeben. Die Hitze reduzieren, den Reis zufügen und 2–3 Minuten rühren, bis die Körner glasig sind.

3 Mit dem Prosecco ablöschen und unter ständigem Rühren 1 Minute einkochen. Den Fond schöpfkellenweise zugießen, nach jeder Zugabe rühren, bis die Flüssigkeit absorbiert ist. Die Hitze erhöhen, bis der Risotto köchelt, und 20 Minuten garen, bis die Flüssigkeit absorbiert und der Reis cremig ist. 5 Minuten vor Ende der Garzeit das Hummerfleisch und die Scheren zugeben.

4 Den Topf vom Herd nehmen und Pfeffer, restliche Butter und Petersilie unterheben. Den Risotto auf vorgewärmte Teller geben und sofort servieren.

Garnelen-Spargel-Risotto

Zutaten

FÜR 4 PERSONEN

1,25 l Gemüsebrühe
400 g grüner Spargel, in 5 cm langen Stücken
2 EL natives Olivenöl extra
1 Zwiebel, fein gehackt
1 Knoblauchzehe, fein gehackt
350 g Arborio-Reis
500 g rohe Riesengarnelen, ausgelöst
2 EL Olivenpaste oder Tapenade
2 EL frisch gehacktes Basilikum
Salz und Pfeffer

Zum Garnieren

frisch geriebener Parmesan
frische Basilikumblätter

Zubereitung

1 Die Brühe in einem großen Topf aufkochen. Den Spargel darin 3 Minuten bissfest garen, dann mit einem Schaumlöffel aus dem Topf heben, unter fließend kaltem Wasser abspülen, abtropfen lassen und beiseitestellen. Die Brühe sanft weiterköcheln lassen.

2 Das Öl in einem großen Topf erhitzen. Die Zwiebel darin bei mittlerer Hitze unter gelegentlichem Rühren 5 Minuten weich dünsten. Den Knoblauch zufügen und 30 Sekunden mitdünsten. Dann die Hitze reduzieren, den Reis zugeben und unter ständigem Rühren 2–3 Minuten anschwitzen, bis er glasig wird.

3 Die Brühe nach und nach schöpflöffelweise zugeben; dabei ständig rühren und weitere Brühe zugießen, sobald der Reis die vorangegangene Portion aufgesogen hat. Die Hitze so erhöhen, dass die Brühe leicht köchelt, und den Reis insgesamt etwa 20 Minuten kochen, bis er gar und cremig ist und die gesamte Brühe aufgenommen hat. Mit der letzten Portion Brühe auch die Garnelen und den Spargel zugeben.

4 Den Risotto vom Herd nehmen, Olivenpaste und Basilikum einrühren und mit Salz und Pfeffer würzen. Den fertigen Risotto auf vorgewärmte Teller verteilen und mit Parmesan und Basilikumblättern garniert sofort servieren.

Risotto mit Jakobsmuscheln

Zutaten

FÜR 4 PERSONEN

16 Jakobsmuscheln, ausgelöst
Saft von 1 Zitrone, plus etwas mehr zum Verfeinern
3 EL Butter
1 EL natives Olivenöl extra, plus etwas mehr zum Bestreichen
1 kleine Zwiebel, fein gehackt
280 g Arborio-Reis
1 TL zerriebene Safranfäden
1,2 l heißer Fischfond oder heiße Hühnerbrühe
Salz und Pfeffer
125 g frisch geriebener Parmesan oder Grana Pardano

Zum Garnieren

1 Zitrone, in Spalten
2 TL abgeriebene Zitronenschale

Zubereitung

1 Die Muscheln in einer nicht metallenen Schale mit dem Zitronensaft mischen, mit Frischhaltefolie abdecken und 15 Minuten kalt stellen.

2 In einem hohen Topf 2 Esslöffel Butter mit dem Öl bei mittlerer Hitze zerlassen. Die Zwiebel darin unter gelegentlichem Rühren 5 Minuten weich dünsten. Dann den Reis zugeben und unter ständigem Rühren 2–3 Minuten anschwitzen, bis er glasig wird. Den Safran mit 4 Esslöffeln Fond oder Brühe mischen und zum Reis geben. Nach und nach schöpflöffelweise Fond oder Brühe zugießen und ständig rühren, bis der Reis gar und cremig ist und die gesamte Flüssigkeit aufgenommen hat. Dann mit Salz und Pfeffer würzen.

3 Wenn der Reis fast gar ist, eine Grillpfanne stark erhitzen. Die Jakobsmuscheln mit Öl bestreichen, in die Pfanne geben und je nach Größe von jeder Seite 3–4 Minuten garen; brät man sie zu lange, werden sie zäh!

4 Den Risotto vom Herd nehmen und die restliche Butter einrühren. Dann den Parmesan unterheben, schmelzen lassen und den Risotto mit Zitronensaft abschmecken, am besten nach und nach je 1 Teelöffel Saft unterrühren, bis die Mischung stimmt. Den fertigen Risotto mit den Jakobsmuscheln anrichten, mit Zitronenspalten und Zitronenschale garnieren und sofort servieren.

Tintenfisch-Risotto mit Knoblauchbutter

Zutaten

FÜR 4 PERSONEN

8–12 kleine küchenfertige Tintenfische, abgespült und trocken getupft
150 g Butter
1 EL natives Olivenöl extra
1 kleine Zwiebel, fein gehackt
280 g Arborio-Reis
1,25 l heißer Fischfond oder heiße Hühnerbrühe
Salz und Pfeffer
3 Knoblauchzehen, zerdrückt
100 g frisch geriebener Parmesan oder Grana Padano
2 EL frisch gehackte Petersilie, zum Garnieren

Zubereitung

1 Die Tintenfische längs halbieren und mit einem scharfen Messer horizontal und vertikal einkerben. Lange Tentakel in kurze Stücke schneiden.

2 In einem Topf 2 Esslöffel Butter mit dem Öl bei mittlerer Hitze zerlassen. Die Zwiebel darin unter Rühren weich dünsten, aber nicht bräunen. Den Reis zugeben und unter ständigem Rühren 2–3 Minuten anschwitzen, bis er glasig wird. Die Brühe nach und nach schöpflöffelweise zugeben; dabei ständig rühren, bis der Reis gar und cremig ist und die gesamte Brühe aufgenommen hat. Dann mit Salz und Pfeffer würzen.

3 Kurz vor Ende der Garzeit 120 g Butter in einer Pfanne zerlassen. Den Knoblauch darin bei geringer Hitze 2 Minuten weich dünsten. Dann die Hitze stark erhöhen, den Tintenfisch zufügen und 2–3 Minuten braten, bis er weiß wird und gar ist. Aus der Pfanne nehmen und abtropfen lassen. Die in der Pfanne verbliebene Butter beiseitestellen.

4 Den Risotto vom Herd nehmen und die restliche Butter einrühren. Dann den Käse unterheben und schmelzen lassen. Den Risotto auf Teller verteilen. Den Tintenfisch darauf anrichten und mit Butter aus der Pfanne beträufeln. Mit Petersilie garnieren und servieren.

Garnelen mit Kokosreis

Zutaten

FÜR 4 PERSONEN

120 g chinesische Trockenpilze, in Wasser eingeweicht
2 EL Pflanzen- oder Erdnussöl
6 Frühlingszwiebeln, gehackt
60 g getrocknete Kokosflocken
1 frische grüne Chili, entkernt und gehackt
220 g Jasminreis
150 ml Fischfond
400 ml Kokosmilch
350 g gegarte Garnelen, ausgelöst
6 frische Thai-Basilikumzweige

Zubereitung

1 Die Pilze abtropfen lassen, entstielen und die Hüte in Streifen schneiden.

2 Das Öl in einem Wok erhitzen. Frühlingszwiebeln, Kokosflocken und Chili darin unter Rühren 2–3 Minuten leicht anbräunen. Die Pilze zugeben und 3–4 Minuten unter Rühren mitbraten.

3 Den Reis zufügen und 2–3 Minuten einrühren, dann den Fond zugießen und aufkochen. Die Hitze reduzieren und die Kokosmilch zugießen. 10–15 Minuten köcheln lassen, bis der Reis gar ist. Garnelen und Basilikum unterheben und servieren.

Geräucherter Schellfisch mit Tagliatelle

Zutaten

FÜR 4 PERSONEN

450 g geräucherte Schellfischfilets
280 g grüne Tagliatelle
600 ml entrahmte oder fettarme Milch
4 EL Speisestärke
2 Schalotten, fein gehackt
2 EL frische Schnittlauchröllchen
Pfeffer
Tomatenscheiben, zum Servieren

Zubereitung

1 Den Schellfisch mit einem scharfen Messer von der Haut befreien und in Stücke schneiden, dabei alle Gräten entfernen.

2 Wasser in einem großen Topf zum Kochen bringen, die Tagliatelle zufügen und aufkochen. 8–10 Minuten al dente kochen.

3 Unterdessen 125 ml Milch mit der Speisestärke in einer hitzebeständigen Schüssel (850 ml Inhalt) mischen. Die restliche Milch mit den Schalotten in einem Topf zum Kochen bringen. Die kochende Milch unter ständigem Rühren in die Stärkemischung gießen, bis die Sauce andickt. Die Milchmischung wieder in den Topf gießen.

4 Den Fisch in die Sauce rühren, die Hitze reduzieren und alles 5 Minuten leicht köcheln, bis der Fisch gar ist. Die Hälfte des Schnittlauchs einrühren.

5 Die Nudeln abgießen und wieder in den Topf geben. Den Fisch mitsamt Sauce unterrühren und alles mit Pfeffer würzen. Sofort mit dem restlichen Schnittlauch garnieren und mit den Tomatenscheiben servieren.

Fettucine mit Räucherlachs

Zutaten

FÜR 4 PERSONEN

250 g Fettucine
1 TL Olivenöl
1 Knoblauchzehe, fein gehackt
50 g Räucherlachs, in feine Streifen geschnitten
50 g Brunnenkresse, plus etwas mehr zum Garnieren
Salz und Pfeffer

Zubereitung

1 Einen großen Topf mit leicht gesalzenem Wasser zum Kochen bringen und die Pasta 8–10 Minuten al dente garen.

2 Währenddessen das Olivenöl in einer großen beschichteten Pfanne erhitzen. Den Knoblauch zugeben und bei schwacher Hitze unter ständigem Rühren 30 Sekunden andünsten. Lachs und Brunnenkresse zugeben, mit Pfeffer würzen und weitere 30 Sekunden garen, bis die Kresse zusammenfällt.

3 Die Pasta abgießen, abtropfen und in den Topf zurückgeben. Die Räucherlachsmischung mit 2 Gabeln sorgfältig unterheben. Auf 4 Teller verteilen und mit der zusätzlichen Brunnenkresse garnieren. Sofort servieren.

Linguine mit Räucherlachs und Rucola

Zutaten

FÜR 4 PERSONEN

350 g Linguine
2 EL Olivenöl
1 Knoblauchzehe, fein gehackt
120 g Räucherlachs, in feine Streifen geschnitten
50 g Rucola
Salz und Pfeffer
Zitronenhälften, zum Garnieren

Zubereitung

1 Einen großen Topf mit leicht gesalzenem Wasser zum Kochen bringen. Die Pasta 8–10 Minuten al dente garen.

2 Kurz vor Ende der Pasta-Garzeit das Olivenöl in einer schweren Pfanne erhitzen. Den Knoblauch zugeben und bei kleiner Hitze unter ständigem Rühren 1 Minute andünsten. Der Knoblauch darf nicht braun werden, sonst schmeckt er bitter. Lachs und Rucola zufügen. Mit Salz und Pfeffer würzen und unter ständigem Rühren 1 Minute weitergaren. Die Pfanne vom Herd nehmen.

3 Die Pasta abgießen, abtropfen lassen und auf vorgewärmte Teller verteilen. Die Lachs-Rucola-Mischung darübergeben und leicht unterheben. Mit den Zitronenhälften garnieren und sofort servieren.

Nudel-Garnelen-Auflauf

Zutaten

FÜR 4 PERSONEN

350 g kurze Pasta
6 EL Butter, plus etwas zum Einfetten
2 kleine Fenchelknollen, in feine Scheiben geschnitten
175 g Pilze, in feine Scheiben geschnitten
175 g gekochte Garnelen, ausgelöst
375 ml Béchamelsauce (siehe unten)
1 Prise Cayennepfeffer
50 g frisch geriebener Parmesan
2 große Tomaten, in Scheiben geschnitten
Olivenöl, zum Bestreichen
1 TL getrockneter Oregano
Salz und Pfeffer

Béchamelsauce

300 ml Milch
1 Lorbeerblatt
6 schwarze Pfefferkörner
1 Zwiebelscheibe
Muskatblüte
2 EL Butter
3 EL Mehl
Salz und Pfeffer

Zubereitung

1 Für die Béchamelsauce Milch, Lorbeerblatt, Pfefferkörner, Zwiebel und Muskatblüte in einem Topf zum Sieden bringen. Den Topf vom Herd nehmen und bei geschlossenem Deckel 10 Minuten ziehen lassen. Die Milch durch ein Haarsieb gießen. Die Butter in einem zweiten Topf zerlassen. Das Mehl zugeben und bei schwacher Hitze unter ständigem Rühren 1 Minute anschwitzen. Die Milch nach und nach unterrühren, aufkochen und unter ständigem Rühren eindicken. Mit Salz und Pfeffer abschmecken.

2 Die Pasta 8–10 Minuten al dente garen. Abgießen und abtropfen lassen. In den Topf zurückgeben und 2 Esslöffel Butter zufügen. Den Deckel aufsetzen, den Topf schütteln und warm halten.

3 Die restliche Butter zerlassen. Den Fenchel zufügen und 3–4 Minuten andünsten. Die Pilze zugeben und 2 Minuten garen. Die Garnelen zugeben und die Pfanne vom Herd nehmen. Die Sauce mit dem Cayennepfeffer würzen. Garnelen-Gemüse-Mischung und Pasta unter die Sauce ziehen.

4 Die Nudelmasse in eine große eingefettete Auflaufform füllen. Mit Parmesan bestreuen. Die Tomatenscheiben am Rand anordnen, mit Olivenöl bestreichen und mit Oregano bestreuen. Im vorgeheizten Ofen 25 Minuten bei 180 °C goldbraun backen. Sofort servieren.

Ravioli mit Krebsfüllung

Zutaten

FÜR 4 PERSONEN

6 Frühlingszwiebeln
350 g gekochtes Krebsfleisch
2 TL frisch gehackter Ingwer
1/8–1/4 TL Chili- oder Tabascosauce
700 g Tomaten, gehäutet, entkernt und grob gehackt
1 Knoblauchzehe, fein gehackt
1 EL Weißweinessig
1 Portion Pastateig (siehe unten)
Mehl, zum Bestäuben
1 Ei, leicht verquirlt
2 EL Crème fraîche
Frühlingszwiebeln, in Julienne geschnitten, zum Garnieren

Pastateig

200 g Mehl, plus etwas zum Bestäuben
1 Prise Salz
2 Eier, leicht verquirlt
1 EL Olivenöl

Zubereitung

1 Für den Pastateig Mehl, Salz, Eier und Olivenöl zu einem glatten, geschmeidigen Teig kneten. Abgedeckt 30 Minuten ruhen lassen.

2 Den weißen und grünen Teil der Frühlingszwiebeln getrennt in feine Ringe schneiden. Die grünen Ringe, Krebsfleisch, Ingwer und Chilisauce vermengen. Abgedeckt im Kühlschrank ziehen lassen.

3 Die Tomaten pürieren. Knoblauch, weiße Frühlingszwiebelringe und Essig mit dem Tomatenpüree unter Rühren aufkochen. 10 Minuten köcheln, vom Herd nehmen.

4 Die Hälfte des Pastateigs dünn ausrollen. Abdecken und die andere Hälfte ausrollen. Die Füllung in kleinen Portionen in Reihen mit 4 cm Abstand auf eine Teighälfte setzen. Die Zwischenräume mit dem verquirlten Ei bestreichen. Die andere Teighälfte darauflegen und in den Zwischenräumen andrücken. In Quadrate schneiden und 1 Stunde ruhen lassen.

5 Die Ravioli portionsweise 5 Minuten garen. Mit einem Schaumlöffel herausnehmen und auf Küchenpapier abtropfen lassen. Währenddessen die Tomatensauce sanft erhitzen und die Crème fraîche unterrühren. Die Ravioli auf Teller verteilen, mit Sauce übergießen und mit Frühlingszwiebel-Julienne garnieren.

Spaghetti mit Venusmuscheln

Zutaten

FÜR 4 PERSONEN

1 kg Venusmuscheln, unter fließend kaltem Wasser abgebürstet*
175 ml Wasser
175 ml trockener Weißwein
350 g Spaghetti
5 EL Olivenöl
2 Knoblauchzehen, fein gehackt
4 EL frisch gehackte glatte Petersilie
Salz und Pfeffer

* Muscheln mit beschädigter Schale oder solche, die sich nicht schließen, wenn man fest daraufklopft, unbedingt aussortieren.

Zubereitung

1 Die Muscheln mit Wasser und Wein in einen großen schweren Topf geben und bei geschlossenem Deckel bei starker Hitze 5 Minuten kochen, bis sie sich geöffnet haben, dabei gelegentlich den Topf schütteln.

2 Die Muscheln mit einem Schaumlöffel herausnehmen und abkühlen lassen. Den Sud durch ein Haarsieb in einen zweiten Topf gießen und zum Kochen bringen. Auf die Hälfte einkochen, dann den Topf vom Herd nehmen. Währenddessen alle ungeöffneten Muscheln aussortieren. Die restlichen aus der Schale lösen und in eine Schüssel geben.

3 Einen großen Topf mit leicht gesalzenem Wasser zum Kochen bringen. Die Pasta 8–10 Minuten al dente garen.

4 Währenddessen das Olivenöl in einer großen schweren Pfanne erhitzen. Den Knoblauch zugeben und unter häufigem Rühren 2 Minuten andünsten. Petersilie und Muschelsud zufügen und sanft köcheln lassen.

5 Die Pasta abgießen, abtropfen lassen und zusammen mit den Muscheln in die Pfanne geben. Mit Salz und Pfeffer abschmecken und unter häufigem Rühren 4 Minuten garen, bis die Spaghetti mit der Sauce überzogen und die Muscheln wieder heiß sind. Sofort servieren.

Fisch-Curry mit Reisnudeln

Zutaten

FÜR 4 PERSONEN

2 EL Pflanzen- oder Erdnussöl
1 große Zwiebel, gehackt
2 Knoblauchzehen, gehackt
100 g kleine Champignons
220 g Seeteufelfilet, in 2,5 cm große Würfel geschnitten
220 g Lachsfilet, in 2,5 cm große Würfel geschnitten
220 g Kabeljaufilet, in 2,5 cm große Würfel geschnitten
2 EL rote Thai-Currypaste
400 ml Kokosmilch
1 Handvoll frisch gehackter Koriander
1 TL Palmzucker oder brauner Zucker
1 TL Fischsauce
120 g Reisnudeln
3 Frühlingszwiebeln, gehackt
50 g Bohnensprossen
Thai-Basilikumblätter

Zubereitung

1 Das Öl in einem Wok erhitzen. Zwiebel, Knoblauch und Champignons darin weich dünsten, aber nicht bräunen.

2 Fisch, Currypaste und Kokosmilch zugeben und langsam aufkochen. 2–3 Minuten bei schwacher Hitze köcheln lassen, dann die Hälfte des Korianders, den Zucker und die Fischsauce unterheben. Warm stellen.

3 Die Nudeln fast gar kochen, dann in einem Sieb gut abtropfen lassen. Das Sieb mit den Nudeln auf einen Topf mit siedendem Wasser setzen. Frühlingszwiebeln, Bohnensprossen und den größten Teil des Basilikums zugeben und 1–2 Minuten auf den Nudeln dämpfen.

4 Die Nudeln auf vorgewärmte Teller verteilen und das Fisch-Curry darübergeben. Mit dem restlichen Koriander und Basilikum bestreuen und sofort servieren.

Kabeljau mit würzigen Nudeln

Zutaten

FÜR 4 PERSONEN

1 EL Erdnuss- oder Sonnenblumenöl

Saft und abgeriebene Schale von 1 großen Zitrone

4 Kabeljau- oder Heilbuttsteaks ohne Haut à 140 g

Paprikapulver

Salz und Pfeffer

Würzige Nudeln

1 EL Erdnuss- oder Sonnenblumenöl

2 Knoblauchzehen, gehackt

2,5-cm-Stück frische Ingwerwurzel, fein gehackt

1 EL Kecap Manis (süße Sojasauce)

2 EL sehr fein gehackte Korianderwurzel

250 g mittelbreite chinesische Eiernudeln

1 scharfe Chili, entkernt und fein gehackt

1 EL thailändische Fischsauce (Nam Pla)

Zubereitung

1 Das Öl mit dem Zitronensaft vermischen und die Fischsteaks von einer Seite damit bestreichen. Mit Zitronenschale, Paprika, etwas Salz und Pfeffer bestreuen. Den Grillrost mit Öl einpinseln und den Fisch in 10 cm Abstand zum Grill 8–10 Minuten garen, bis das Fleisch flockig zerfällt.

2 Inzwischen einen Wok oder eine große Pfanne bei hoher Temperatur vorheizen. Das Öl zugeben und erhitzen, bis es schimmert. Knoblauch und Ingwer unter Rühren 30 Sekunden anbraten. Kecap Manis und Koriander zugeben und umrühren. Die Nudeln zufügen und gut mit den anderen Zutaten vermischen. Chili und Fischsauce unterrühren.

3 Jedes gegrillte Fischsteak auf einem Bett aus Nudeln servieren.

Teriyaki-Lachs mit chinesischen Nudeln

Zutaten

FÜR 4 PERSONEN

4 Lachsfilets à 200 g
125 ml Teriyaki-Sauce
1 Schalotte, in Ringen
2-cm-Stück Ingwerwurzel, fein gehackt
2 Karotten, in Scheiben
110 g kleine Champignons, in Scheiben
1,2 l Gemüsebrühe
250 g chinesische Eiernudeln
110 g Erbsen, Tiefkühlware aufgetaut
175 g Chinakohl, geraspelt
4 Frühlingszwiebeln, in Ringen

Zubereitung

1 Die Lachsfilets in eine Schüssel geben. Die Teriyaki-Sauce mit Schalotte und Ingwer mischen und über den Fisch gießen. Abdecken und mindestens 1 Stunde im Kühlschrank marinieren, nach 30 Minuten wenden.

2 Karotten, Pilze und Brühe in einen großen Topf geben. Die Lachsfilets in eine flache Auflaufform legen, die aufgefangene Marinade zum Gemüse in den Topf geben. Zum Kochen bringen, die Hitze reduzieren, abdecken und 10 Minuten köcheln lassen.

3 Unterdessen den Backofengrill auf mittlere Hitze vorheizen. Den Lachs je nach Dicke der Filets 10–15 Minuten unter dem Grill garen, bis das Fleisch rosa und leicht zu zerteilen ist. Aus dem Ofen nehmen und warm halten.

4 Nudeln und Erbsen zur Brühe geben und diese wieder zum Kochen bringen. Die Hitze reduzieren, abdecken und 5 Minuten köcheln lassen. Den Chinakohl und die Frühlingszwiebeln einrühren und 1 Minute erhitzen.

5 300 ml der Brühe in einen Behälter füllen und beiseitestellen. Die restliche Brühe abseihen und wegschütten. Nudeln und Gemüse auf 4 angewärmte Servierschalen verteilen und mit je einem Lachsfilet belegen. Etwas Brühe darübergießen. Sofort servieren.

Thailändischer Meeresfrüchtesalat

Zutaten

FÜR 4 PERSONEN

Kokos-Dressing

125 ml Kokoscreme
3 EL Limettensaft
1½ EL thailändische Fischsauce (Nam Pla)
1½ EL hellbrauner Zucker
½ frische rote Chili (nach Belieben), entkernt und in feine Streifen geschnitten
1 kleine Knoblauchzehe, zerdrückt

20 gekochte Riesengarnelen, ausgelöst, aber mit Schwanzenden
20 gekochte Miesmuscheln mit Schale
50 g Austernpilze, geputzt
3 Kaffir-Limettenblätter, in feine Streifen geschnitten
2 Frühlingszwiebeln, in feine Ringe geschnitten
1 Stängel Zitronengras, nur der mittlere Teil, in feine Streifen geschnitten
½ rote Zwiebel, in hauchdünne Ringe geschnitten
100 g getrocknete, mittelbreite Reisnudeln

Zubereitung

1 Alle Zutaten für das Dressing in einer Schüssel verrühren, bis der Zucker aufgelöst ist. Garnelen, Muscheln, Pilze, Limettenblätter, Frühlingszwiebeln, Zitronengras und rote Zwiebel zufügen, abdecken und bis zum Servieren kalt stellen.

2 Inzwischen die Nudeln in einer Schüssel mit lauwarmem Wasser bedecken und 20 Minuten einweichen. Abtropfen lassen.

3 Die Nudeln auf vier Teller verteilen, die Meeresfrüchte darauf anrichten und mit dem Dressing beträufeln.

Malaysische Kokosnudeln mit Garnelen

Zutaten

FÜR 4 PERSONEN

2 EL Öl
1 kleine rote Paprika, in Würfeln
200 g Pak Choi, die Stiele in dünnen Ringen, die Blätter gehackt
2 große Knoblauchzehen, gehackt
1 TL Kurkuma
2 TL Garam Masala
1 TL Chilipulver (nach Belieben)
125 ml heiße Gemüsebrühe
2 gehäufte EL Erdnussbutter
350 ml Kokosmilch
1 EL Tamari (weizenfreie Sojasauce)
250 g breite Reisnudeln
280 g Riesengarnelen, gekocht und ausgelöst

Garnierung

2 Frühlingszwiebeln, in feinen Streifen
1 EL Sesamsaat

Zubereitung

1 Das Öl im Wok oder in einer großen schweren Pfanne stark erhitzen. Paprika, Pak-Choi-Stiele und Knoblauch darin 3 Minuten pfannenrühren. Kurkuma, Garam Masala, Chilipulver und Pak-Choi-Blätter zufügen und 1 weitere Minute pfannenrühren.

2 Heiße Brühe und Erdnussbutter in einer hitzebeständigen Schüssel verrühren, bis die Butter sich aufgelöst hat. Dann mit Kokosmilch und Tamari in den Wok geben. Alles 5 Minuten bei mittlerer Hitze braten, bis die Flüssigkeit andickt.

3 Unterdessen die Nudeln in einer Schale mit kochend heißem Wasser einweichen. Nach 4 Minuten abgießen, unter fließend kaltem Wasser abschrecken und mit den Garnelen in den Wok geben. 2–3 Minuten unter häufigem Rühren erhitzen.

4 Die Nudeln mit Frühlingszwiebeln und Sesam bestreut servieren.

Garnelen-Laksa

Zutaten

FÜR 4 PERSONEN

20–24 rohe Garnelen
450 ml Fischfond
1 EL Erdnussöl
1 Prise Salz
450 ml Kokosmilch
2 TL thailändische Fischsauce (Nam Pla)
1/2 EL Limettensaft
120 g mittelbreite Reisnudeln
50 g Bohnensprossen

Laksa-Paste

6 Korianderzweige, gehackt
3 große Knoblauchzehen, zerdrückt
1 frische rote Chili, entkernt und gehackt
1 Stängel Zitronengras, nur der mittlere Teil, fein gehackt
2,5-cm-Stück frischer Ingwer, gehackt
1 1/2 EL Garnelen-Paste
1/2 TL Kurkuma
1–2 EL Erdnussöl
frischer Koriander, gehackt, zum Garnieren

Zubereitung

1 Die Garnelen schälen und säubern, dabei die Schwanzenden intakt lassen. Fischfond, Salz sowie Köpfe und Schalen der Garnelen in einem großen Topf bei hoher Temperatur aufkochen. Die Hitze reduzieren und 10 Minuten köcheln lassen.

2 Alle Zutaten für die Laksa-Paste in einem Mixer fein zerkleinern, dabei bis zu 2 Esslöffel Öl zugeben. Ist Ihr Mixer zu groß für die kleine Portion, arbeiten Sie im Mörser, oder bereiten Sie die doppelte Menge zu. Die Paste hält sich im Kühlschrank einige Tage.

3 Das Öl in einem großen Topf bei hoher Temperatur erhitzen. Die Paste zufügen und unter Rühren erhitzen, bis sie duftet. Den Fischfond durch ein mit einem Tuch ausgelegtes Sieb gießen und mit Salz, Kokosmilch, Fischsauce und Limettensaft zur Laksa-Paste geben. Aufkochen, die Hitze reduzieren und abgedeckt 30 Minuten köcheln lassen.

4 Inzwischen die Nudeln in einer großen Schüssel mit lauwarmem Wasser bedecken und 20 Minuten einweichen, alternativ nach Packungsanweisung vorkochen. Abgießen und beiseitestellen.

5 Garnelen und Bohnensprossen zum Laksa-Fond geben und köcheln lassen, bis die Garnelen rosig werden. Die Nudeln auf vier Schälchen verteilen und die Suppe darübergeben. Garnieren und servieren.

Jakobsmuscheln im Nudelnest

Zutaten

FÜR 4 PERSONEN

120 g japanische Weizennudeln mit grünem Tee (oder sehr dünne grüne Nudeln)
30 g Butter
1 Knoblauchzehe, zerdrückt
1 Prise Paprikapulver
1 EL Erdnuss- oder Sonnenblumenöl, plus etwas mehr zum Garen der Muscheln
2 EL thailändische grüne Currypaste, mild oder mittelscharf
2 EL Wasser
2 TL helle Sojasauce
2 Frühlingszwiebeln, fein gehackt, plus einige Streifen zum Garnieren
12 frische Jakobsmuscheln, ausgelöst
Salz und Pfeffer

Zubereitung

1 Die Nudeln $1\frac{1}{2}$ Minuten weich kochen, dann kalt abspülen und gut abtropfen lassen. Andere Nudeln nach Packungsanweisung vorkochen, abtropfen lassen und beiseitestellen. Inzwischen die Butter zerlassen und den Knoblauch etwa 1 Minute darin anbraten. Das Paprikapulver zufügen und die Knoblauchbutter beiseitestellen.

2 Einen Wok bei hoher Temperatur vorheizen, dann das Öl zugeben. Currypaste, Wasser und Sojasauce in den Wok geben und aufkochen. Die Nudeln zufügen und erwärmen. Die Frühlingszwiebeln einrühren, dann vom Herd nehmen und warm stellen.

3 Eine gusseiserne Grillpfanne bei hoher Temperatur vorheizen und mit etwas Öl einpinseln. Muscheln zugeben und 3 Minuten braten, wenden und weitere 2 Minuten braten. Dabei mit Knoblauchbutter bestreichen, salzen und pfeffern. Als Garprobe eine Muschel durchschneiden: Das Innere darf nicht mehr glasig sein. Nudeln in vier Portionen aufteilen, Muscheln darauf anrichten und mit Frühlingszwiebelstreifen garnieren.

Salate &
Wok-Gerichte

Salate und Wok-Gerichte sind zwei der gesündesten Arten, Gemüse zu verzehren, und die Zugabe von erstklassigem Eiweiß in Form von Fisch und Meeresfrüchten macht daraus einen hochwertigen Genuss. In diesem Kapitel finden Sie inspirierende Ideen für alle, die sich bewusst und gesund ernähren wollen.

Lachs-Avocado-Salat, Spargel-Avocado-Salat mit Räucherlachs, Bohnen-Thunfisch-Salat, Garnelen-Papaya-Salat oder *Seeteufel aus dem Wok* sind ausgezeichnete Beispiel dafür, dass gesunde Ernährung auch schmecken kann. Diabetiker erfreuen sich am *Salat mit Thunfisch und Avocado* oder an den *Kokosgarnelen mit Gurkensalat*. Avocado wird, ähnlich wie Fettfisch, wegen ihres hohen Fettgehalts oft negativ bewertet, dabei handelt es sich fast gänzlich um einfach ungesättigte Fettsäuren, die den Stoffwechsel unterstützen. Avocados haben darüber hinaus eine cremige Textur, die sehr gut zu frischem oder geräuchertem Lachs und frischem Thunfisch passt.

Falls Sie Salate und Wok-Gerichte nicht aus diätetischen Gründen essen, sondern einfach nur, weil sie so gut schmecken, sind der *Räucherlachs-Rucola-Salat* mit einem unwiderstehlichen Limettenmayonnaise-Dressing oder *Lachs und Jakobsmuscheln mit Koriander und Limette* ein Fest für Ihren Gaumen.

Lachs-Avocado-Salat

Zutaten

FÜR 4 PERSONEN

450 g neue Kartoffeln
4 Lachsfilets à 120 g
1 Avocado
Saft von 1/2 Zitrone
60 g junger Spinat
125 g gemischte grüne Salatblätter, darunter auch Brunnenkresse
12 Kirschtomaten, halbiert
60 g gehackte Walnusskerne

Dressing

3 EL ungesüßter klarer Apfelsaft
1 TL Balsamico-Essig
Pfeffer

Zubereitung

1 Die Kartoffeln in mundgerechte Stücke schneiden und in einem Topf mit kaltem Wasser zum Kochen bringen. Dann bei reduzierter Hitze abgedeckt 10–15 Minuten köcheln lassen, bis sie gar, aber noch bissfest sind. Abgießen und warm halten.

2 Unterdessen den Backofengrill auf mittlerer Hitze vorheizen. Den Lachs unter dem Grill 10–15 Minuten garen, dabei nach 5–7 Minuten wenden. Anschließend herausnehmen und warm halten.

3 Während Kartoffeln und Lachs garen, die Avocado halbieren, entkernen und schälen. Das Avocadofleisch in Scheiben schneiden und mit Zitronensaft beträufeln, um eine Verfärbung zu verhindern.

4 Den Spinat mit den Salatblättern in einer großen Servierschüssel vermengen und auf 4 Salatteller verteilen. Je 6 Kirschtomatenhälften auf jeden Salatteller legen.

5 Den Lachs mit einer Gabel zerteilen und zusammen mit den Kartoffeln auf die Teller verteilen. Mit Walnüssen bestreuen.

6 Für das Dressing Apfelsaft und Essig in einer kleinen Schüssel mischen und gut mit Pfeffer würzen. Über den Salat träufeln und diesen sofort servieren.

Spargel-Avocado-Salat mit Räucherlachs

Zutaten

4 PERSONEN

200 g grüner Spargel, in Stücken
1 große Avocado
1 EL Zitronensaft
1 gute Handvoll Rucola
220 g Räucherlachs ohne Haut, fein aufgeschnitten
1 rote Zwiebel, in feinen Ringen
1 EL frisch gehackte glatte Petersilie, plus einige Zweige zum Garnieren
1 EL Schnittlauchröllchen
Zitronenspalten, zum Garnieren
Vollkornbrot, zum Servieren

Dressing

1 Knoblauchzehe, gehackt
4 EL natives Olivenöl extra
2 EL Weißweinessig
1 EL Zitronensaft
1 Prise Zucker
1 TL Senf

Zubereitung

1 Einen Topf mit Salzwasser zum Kochen bringen und den Spargel 4–8 Minuten bissfest kochen. Abgießen, in kaltem Wasser abschrecken, abtropfen und abkühlen lassen.

2 Alle Dressingzutaten in einer kleinen Schüssel gut verrühren. Die Avocado halbieren, schälen, entkernen und in mundgerechte Stücke schneiden. Mit dem Zitronensaft beträufeln, damit sie sich nicht verfärben.

3 Den Rucola auf 4 Portionsteller verteilen. Den Spargel und die Avocado darauf arrangieren. Den Räucherlachs in Streifen schneiden und auf die Salatportionen verteilen, dann die Zwiebel und die Kräuter darüberstreuen. Mit Dressing beträufeln, mit Petersilie und Zitronenspalten garnieren und mit Vollkornbrot servieren.

Räucherlachs-Rucola-Salat

Zutaten

FÜR 4 PERSONEN

50 g Rucola
1 EL frisch gehackte glatte Petersilie
2 Frühlingszwiebeln, fein gehackt
2 große Avocados
1 EL Zitronensaft
250 g Räucherlachs ohne Haut, fein aufgeschnitten
Limettenspalten, zum Servieren

Limettenmayonnaise

150 ml Mayonnaise
2 EL Limettensaft
fein abgeriebene Schale und Saft von 1 Limette
1 EL frisch gehackte glatte Petersilie, plus einige Zweige zum Garnieren

Zubereitung

1 Den Rucola in mundgerechte Stücke zupfen und auf 4 Portionsschalen oder -teller verteilen. Die gehackte Petersilie und die Frühlingszwiebeln darüberstreuen.

2 Die Avocados halbieren, schälen, entkernen und in feine Scheiben oder kleine Würfel schneiden. Mit dem Zitronensaft beträufeln, damit sie sich nicht verfärben, dann auf die Salatschalen verteilen. Alles vorsichtig vermengen. Den Räucherlachs in Streifen schneiden und darüber verteilen.

3 Die Mayonnaise in einer Schüssel mit Limettensaft und -schale und der gehackten Petersilie vermengen. Etwas Limettenmayonnaise auf jede Salatportion geben, mit Petersilienzweigen garnieren und mit Limettenspalten zum Beträufeln servieren.

Schellfischsalat

Zutaten

FÜR 4 PERSONEN

350 g geräuchertes Schellfischfilet ohne Haut
4 EL natives Olivenöl extra
1 EL Zitronensaft
2 EL saure Sahne
1 EL heißes Wasser
2 EL Schnittlauchröllchen, plus etwas mehr zum Garnieren
Salz und Pfeffer
1 Eiertomate, gehäutet, entkernt und gewürfelt
8 Wachteleier
4 dicke Scheiben Weizenschrot- oder Mehrkornbrot
100 g gemischte Salatblätter

Zubereitung

1 Wasser in einem großen Topf zum Kochen bringen. Das Fischfilet zugeben, abdecken, sofort vom Herd nehmen und 10 Minuten ziehen lassen, bis der Fisch gar ist. Aus dem Wasser nehmen, abtropfen und handwarm abkühlen lassen. Das Fleisch zerteilen und alle kleinen Gräten entfernen. Beiseitestellen.

2 Inzwischen Öl, Zitronensaft, Sahne, heißes Wasser, Schnittlauch, Salz und Pfeffer mischen. Die Tomate unterrühren. Beiseitestellen.

3 Wasser in einem kleinen Topf zum Kochen bringen. Vorsichtig die Wachteleier hineingeben. Sobald das Wasser sprudelt, die Eier 3–4 Minuten kochen (3 Minuten für ein leicht weiches Eigelb, 4 Minuten für ein festes). Sofort abgießen und unter fließend kaltem Wasser abschrecken. Die Eier schälen, längs halbieren und beiseitestellen.

4 Das Brot toasten und jeweils eine Scheibe auf einem Teller anrichten. Mit Salatblättern, Fisch und Eihälften belegen. Mit dem Dressing übergießen und mit etwas Schnittlauch garniert servieren.

Pasta niçoise

Zutaten

FÜR 4 PERSONEN

120 g grüne Bohnen, in 5 cm lange Stücke geschnitten
220 g Fusilli tricolore
100 ml Olivenöl
2 Thunfischsteaks à 350 g
Salz und Pfeffer
6 Cocktailtomaten, halbiert
50 g schwarze Oliven, entsteint und halbiert
6 Sardellenfilets, abgetropft und gehackt
3 EL frisch gehackte glatte Petersilie
2 EL Zitronensaft
8–10 Radicchioblätter

Zubereitung

1 Leicht gesalzenes Wasser in einem großen Topf zum Kochen bringen. Die Bohnen zugeben, die Hitze reduzieren und 10 Minuten garen. Mit einem Schaumlöffel herausnehmen und in einer Schüssel mit kaltem Wasser abschrecken. Gut abtropfen lassen. Die Pasta in den Topf geben und 8–10 Minuten al dente garen.

2 Währenddessen eine Grillpfanne mit etwas Olivenöl bestreichen und stark erhitzen. Die Thunfischsteaks salzen und pfeffern und beide Seiten mit etwas Öl bestreichen. Bei mittlerer Hitze auf jeder Seite 2 Minuten oder bis zum gewünschten Gargrad braten. Die Steaks aus der Pfanne nehmen.

3 Die Pasta abgießen, abtropfen lassen und in eine Schüssel geben. Bohnen, Cocktailtomaten, Oliven, Sardellen, Petersilie, Zitronensaft und das restliche Olivenöl zugeben, salzen und pfeffern. Die Zutaten gut vermengen und die Pasta erkalten lassen. Eventuelle Hautreste von den Steaks entfernen. Die Steaks in dicke Streifen schneiden.

4 Die Thunfischstreifen vorsichtig unter den Salat heben. Vor dem Servieren eine große Platte mit den Radicchioblättern auslegen und den Salat daraufgeben.

Bohnen-Thunfisch-Salat

Zutaten

FÜR 4–6 PERSONEN

200 g grüne Bohnen
400 g kleine weiße Bohnen aus der Dose (z. B. Cannellini-Bohnen), abgespült und abgetropft
4 Frühlingszwiebeln, fein gehackt
2 Thunfischsteaks à 220 g (2 cm dick)
natives Olivenöl extra, zum Bestreichen
250 g Kirschtomaten, halbiert
Kopfsalatblätter
frische Minze- und Petersilienzweige, zum Garnieren
knuspriges Landbrot, zum Servieren

Dressing

1 Handvoll frisch gehackte Minzeblätter
1 Handvoll frisch gehackte Petersilie
1 Knoblauchzehe, zerdrückt
4 EL natives Olivenöl extra
1 EL Rotweinessig
Salz und Pfeffer

Zubereitung

1 Zunächst das Dressing zubereiten. Alle Zutaten sowie Salz und Pfeffer nach Geschmack in ein Gefäß mit Schraubverschluss geben und schütteln, bis alles vermischt ist. In eine große Schüssel gießen und beiseite stellen.

2 Leicht gesalzenes Wasser in einem Topf aufkochen. Die grünen Bohnen hineingeben und 6 Minuten kochen. Die weißen Bohnen zugeben und weitere 4 Minuten oder so lange kochen, bis die grünen Bohnen bissfest und die weißen Bohnen erhitzt sind. Gut abtropfen lassen und zusammen mit den Frühlingszwiebeln in die Schüssel mit dem Dressing geben. Gut vermengen.

3 Für den Thunfisch eine flache Pfanne auf hoher Stufe erhitzen. Die Thunfischsteaks auf einer Seite leicht mit Öl bestreichen, mit dieser Seite in die Pfanne legen und 2 Minuten braten. Dann die obere Seite mit Öl bestreichen, die Steaks wenden und weitere 2 Minuten braten, wenn sie nicht ganz durch sein sollen, sonst bis zu 4 Minuten.

4 Den Thunfisch aus der Pfanne nehmen und 2 Minuten stehen lassen oder so lange, bis er völlig abgekühlt ist. Kurz vor dem Servieren die Tomaten zu den Bohnen geben und vermengen. Eine Servierplatte mit Salatblättern auslegen und den Bohnensalat daraufgeben, darüber den Thunfisch in Stücken. Mit den Kräutern garnieren und mit viel Brot servieren.

Salat mit Thunfisch und Avocado

Zutaten

FÜR 4 PERSONEN

2 Avocados, entkernt, geschält und in Würfeln
250 g Kirschtomaten, halbiert
2 rote Paprika, gehackt
1 Bund glatte Petersilie, gehackt
2 Knoblauchzehen, zerdrückt
1 rote Chili, entkernt und fein gehackt
Saft von 1/2 Zitrone
6 EL natives Olivenöl extra
Pfeffer
3 EL Sesamsaat
4 frische Thunfischsteaks à 150 g
8 gekochte neue Kartoffeln, in Würfeln
Rucolablätter, zum Servieren

Zubereitung

1 Avocados, Tomaten, Paprika, Petersilie, Knoblauch, Chili, Zitronensaft und 2 Esslöffel Öl in einer großen Schüssel vermengen. Mit Pfeffer würzen und abgedeckt 30 Minuten im Kühlschrank ziehen lassen.

2 Die Sesamsaat in einem Mörser leicht zerdrücken. Auf einen Teller geben und dort verteilen. Jedes Thunfischsteak im Sesam wenden, bis es von allen Seiten bedeckt ist.

3 2 Esslöffel des restlichen Öls in einer Pfanne erhitzen und die Kartoffeln darin unter häufigem Rühren 5–8 Minuten knusprig braun braten. Aus der Pfanne nehmen und auf Küchenpapier abtropfen lassen.

4 Die Pfanne auswischen und das restliche Öl darin stark erhitzen. Die Thunfischsteaks von beiden Seiten jeweils 3–4 Minuten braten.

5 Zum Servieren den Avocadosalat auf 4 Servierteller verteilen. Mit je einem Thunfischsteak belegen und die Bratkartoffeln mit einer Handvoll Rucolablättern ringsum anrichten.

Spinatsalat mit Meeresfrüchten

Zutaten

FÜR 4 PERSONEN

500 g Miesmuscheln, abgebürstet und Bärte entfernt
100 g rohe Garnelen, ausgelöst
350 g Jakobsmuscheln, ausgelöst und abgespült
500 g junger Spinat
4 EL Wasser
3 Frühlingszwiebeln, in Ringen
Zitronenspalten, zum Garnieren

DRESSING

4 EL natives Olivenöl extra
2 EL Weißweinessig
1 EL Zitronensaft
1 TL fein abgeriebene Zitronenschale
1 Knoblauchzehe, gehackt
1 EL frisch geriebener Ingwer
1 kleine rote Chili, entkernt und in Ringen
1 EL frisch gehackter Koriander, plus einige Zweige zum Garnieren
Salz und Pfeffer

Zubereitung

1 Die Miesmuscheln mit etwas Wasser in einen großen Topf geben und zugedeckt 3–4 Minuten stark erhitzen, den Topf dabei gelegentlich rütteln, bis sich die Muscheln geöffnet haben. Muscheln, die geschlossen bleiben, wegwerfen. Abgießen, dabei den Kochsud auffangen.

2 Den Kochsud zurück in den Topf geben, zum Kochen bringen, Garnelen und Jakobsmuscheln darin 3 Minuten garen und dann abgießen. Die Miesmuscheln aus der Schale lösen. Miesmuscheln, Garnelen und Jakobsmuscheln kalt abspülen, abtropfen lassen und in eine große Schüssel geben. Abkühlen lassen, dann mit Frischhaltefolie bedeckt 45 Minuten kalt stellen.

3 Inzwischen den Spinat abspülen und mit dem Wasser in einen Topf geben. 1 Minute stark erhitzen, dann in ein Sieb geben, kalt abspülen und abtropfen lassen.

4 Alle Dressing-Zutaten in einer Schüssel verrühren. Den Spinat auf 4 Portionsteller verteilen und mit der Hälfte der Frühlingszwiebeln bestreuen. Miesmuscheln, Garnelen und Jakobsmuscheln darauf arrangieren, die übrigen Frühlingszwiebeln darüberstreuen. Mit Dressing beträufeln, mit Koriander und Zitronenspalten garnieren und servieren.

Kokosgarnelen mit Gurkensalat

Zutaten

FÜR 4 PERSONEN

200 g Vollkorn-Basmatireis

1/2 TL Koriandersamen

2 Eiweiß, leicht verquirlt

100 g ungesüßte Kokosraspel

24 rohe Riesengarnelen, ausgelöst, aber mit Schwanzenden

1/2 Salatgurke

4 Frühlingszwiebeln, schräg in dünne Ringe geschnitten

1 TL Sesamöl

1 EL frisch gehackter Koriander

1 Limette, in Spalten, zum Garnieren

Zubereitung

1 Den Reis 25 Minuten garen. Abtropfen und ruhen lassen, bis die Feuchtigkeit aufgesogen ist.

2 8 Holzspieße 30 Minuten einweichen.

3 Die Koriandersamen in einem Mörser zermahlen und dann in einer Pfanne unter Rühren rösten. Auf einem Teller beiseitestellen.

4 Eiweiß und Kokosraspel getrennt in 2 flache Schalen geben. Die Garnelen zunächst im Eiweiß und danach in den Kokosraspeln wenden. Auf jeden Spieß 3 Garnelen stecken.

5 Den Backofengrill auf hoher Stufe vorheizen. Die Gurke in lange, dünne Streifen schneiden, zum Abtropfen in ein Sieb geben, mit Frühlingszwiebeln und Öl in einer Schüssel vermengen und beiseitestellen.

6 Die Garnelenspieße unter dem vorgeheizten Grill 3–4 Minuten von jeder Seite grillen, bis sie rosa und leicht gebräunt sind.

7 Unterdessen den Reis mit dem gerösteten und dem frischen Koriander vermengen und in 4 kleine Ramequin-Formen pressen. Jedes Förmchen auf einen Servierteller stürzen und den Gurkensalat auf die Teller verteilen. Mit den Limettenspalten garnieren und den heißen Garnelenspießen servieren.

Reissalat mit Garnelen

Zutaten

FÜR 4 PERSONEN

175 g gemischter Langkorn- und Wildreis
350 g gekochte Garnelen, ausgelöst
Fleisch von 1 Mango, gewürfelt
4 Frühlingszwiebeln, in Ringen
25 g gehobelte Mandeln
1 EL frisch gehackte Minze
Pfeffer

Dressing

1 EL natives Olivenöl extra
2 TL Limettensaft
1 Knoblauchzehe, zerdrückt
1 TL klarer Honig
Salz und Pfeffer

Zubereitung

1 Den Reis in einem großen Topf mit leicht gesalzenem Wasser 35 Minuten gar kochen. Abgießen, in eine große Schüssel geben und die Garnelen zufügen.

2 Alle Zutaten für das Dressing in einem Messbecher verrühren, mit Salz und Pfeffer abschmecken und gründlich verquirlen. Das Dressing über Reis und Garnelen geben und abkühlen lassen.

3 Mango, Frühlingszwiebeln, Mandeln und Minze zum Salat geben und mit Pfeffer abschmecken. Gründlich vermengen, in einer Salatschüssel anrichten und servieren.

Garnelen-Papaya-Salat

Zutaten

FÜR 4 PERSONEN

1 Papaya, geschält
350 g große gegarte Garnelen, ausgelöst
gemischte grüne Salatblätter

Dressing

4 Frühlingszwiebeln, fein gehackt
2 frische rote Chillies, entkernt und fein gehackt
1 TL Fischsauce
1 EL Pflanzen- oder Erdnussöl
Saft von 1 Limette
1 TL Palmzucker oder brauner Zucker

Zubereitung

1 Die Papaya entkernen und in dünne Scheiben schneiden. Vorsichtig unter die Garnelen heben.

2 Alle Zutaten für das Dressing in einer Schüssel vermengen oder in ein Schraubglas geben und schütteln.

3 Eine Schüssel mit den Salatblättern auslegen und die Papaya-Garnelen-Mischung darauf anrichten. Mit dem Dressing übergießen und sofort servieren.

Seeteufel aus dem Wok

Zutaten

FÜR 4 PERSONEN

2 TL Sesamöl
500 g Seeteufelsteaks, in 2,5 cm große Würfel geschnitten
1 rote Zwiebel, in dünne Ringe geschnitten
3 Knoblauchzehen, fein gehackt
1 TL frisch geriebene Ingwerwurzel
250 g grüne Spargelspitzen
200 g Pilze, in dünne Scheiben geschnitten
2 EL Sojasauce
1 EL Zitronensaft
Zitronenspalten, zum Garnieren
frisch gegarte Nudeln, zum Servieren

Zubereitung

1 Das Öl im Wok auf mittlerer Stufe erhitzen. Fisch, Zwiebel, Knoblauch, Ingwer, Spargel und Pilze zugeben und 2–3 Minuten kurzbraten.

2 Sojasauce und Zitronensaft einrühren und 1 weitere Minute braten. Den Wok vom Herd nehmen und die Mischung in eine vorgewärmte Servierschüssel geben.

3 Mit Zitronenspalten garnieren und sofort heiß mit gegarten Nudeln servieren.

Reisnudeln mit mariniertem Fisch

Zutaten

FÜR 4 PERSONEN

2 EL Pflanzen- oder Erdnussöl
2 frische grüne Chillies, entkernt und gehackt
abgeriebene Schale und Saft von 1 Limette
1 EL Fischsauce
450 g Seeteufel- oder Kabeljaufilet, in Würfel geschnitten
225 g Lachsfilet, in Würfel geschnitten
120 g Reis-Bandnudeln
2 EL Pflanzen- oder Erdnussöl
2 Schalotten, gehackt
2 Knoblauchzehen, fein gehackt
1 frische rote Chili, entkernt und gehackt
2 EL Sojasauce
2 EL Chilisauce
Koriander, frisch gehackt, zum Garnieren

Zubereitung

1 Öl, grüne Chillies, Limettensaft und -schale sowie Fischsauce in einer Schüssel verrühren, den Fisch zugeben und mindestens 2 Stunden im Kühlschrank marinieren.

2 Die Nudeln nach Packungsanleitung kochen. Abgießen und abtropfen lassen.

3 Das Öl in einem Wok erhitzen. Schalotten, Knoblauch und rote Chili darin hellbraun anbraten. Soja- und Chilisauce unterrühren. Die Fischwürfel mit der Marinade in den Wok geben und unter vorsichtigem Wenden 2–3 Minuten garen, bis das Fischfleisch durch ist.

4 Die abgetropften Nudeln zugeben und vorsichtig unterheben. Mit Koriander garnieren und sofort servieren.

Garnelen-Zuckererbsen-Pfanne mit Cashewkernen

Zutaten

FÜR 4 PERSONEN

80 g Cashewkerne
3 EL Erdnussöl
4 Frühlingszwiebeln, in feine Ringe geschnitten
2 Selleriestangen, in Scheiben geschnitten
3 Karotten, in Scheiben geschnitten
100 g Maiskölbchen, halbiert
175 g Pilze, in Scheiben geschnitten
1 Knoblauchzehe, grob gehackt
450 g rohe Garnelen, ausgelöst
1 TL Speisestärke
2 EL Sojasauce
50 ml Hühnerbrühe
250 g Wirsing, in Streifen geschnitten
200 g Zuckererbsen
frisch gegarter Reis, zum Servieren

Zubereitung

1 Eine Pfanne erhitzen und die Cashewkerne unter gelegentlichem Rütteln trocken rösten, bis sie zu bräunen beginnen. Aus der Pfanne nehmen und abkühlen lassen.

2 Das Öl in der Pfanne erhitzen. Frühlingszwiebeln, Sellerie, Karotten und Mais unter gelegentlichem Rühren bei mittlerer bis starker Hitze 3–4 Minuten andünsten.

3 Die Pilze zufügen und weitergaren, bis sie bräunen. Knoblauch und Garnelen untermengen, bis sich die Garnelen rosa färben.

4 Die Speisestärke mit der Sojasauce und der Brühe anrühren und unter Rühren in die Pfanne gießen. Kohl, Zuckererbsen und fast alle Cashewkerne zugeben und weitere 2 Minuten garen.

5 Mit den restlichen Cashewkernen garnieren und auf einem Reisbett servieren.

Lachs und Jakobsmuscheln mit Koriander und Limette

Zutaten

FÜR 4 PERSONEN

6 EL Erdnussöl
280 g Lachssteak, ohne Haut und in 2,5 cm große Würfel geschnitten
220 g Jakobsmuscheln, ausgelöst
3 Karotten, in feine Scheiben geschnitten
2 Selleriestangen, in 2,5 cm dicke Scheiben geschnitten
2 orangefarbene Paprika, in feinen Streifen
175 g Austernpilze, in feine Streifen geschnitten
1 Knoblauchzehe, zerdrückt
6 EL frisch gehackter Koriander
3 Schalotten, in feine Ringe geschnitten
Saft von 2 Limetten
1 TL abgeriebene Limettenschale
1 TL getrocknete Chiliflocken
3 EL trockener Sherry
3 EL Sojasauce
frisch gegarte asiatische Nudeln, zum Servieren

Zubereitung

1 Das Öl bei mittlerer Hitze in einem Wok oder einer großen Pfanne erhitzen. Lachs und Jakobsmuscheln unter Rühren 3 Minuten anbraten. Aus der Pfanne nehmen und warm halten.

2 Karotten, Sellerie, Paprika, Pilze und Knoblauch in den Wok geben und 3 Minuten unter Rühren andünsten. Koriander und Schalotten unterrühren.

3 Limettensaft und -schale, Chiliflocken, Sherry und Sojasauce unterrühren. Lachs und Jakobsmuscheln wieder in den Wok geben und unter vorsichtigem Rühren 1 Minute erwärmen.

4 Auf einem Nudelbett anrichten und sofort servieren.

Jakobsmuscheln in schwarzer Bohnensauce

Zutaten

FÜR 4 PERSONEN

2 EL Pflanzen- oder Erdnussöl
1 TL fein gehackter Knoblauch
1 TL fein gehackte Ingwerwurzel
1 EL eingelegte schwarze Bohnen, abgespült und leicht zerdrückt
400 g Jakobsmuscheln, ausgelöst
1/2 TL helle Sojasauce
1 TL Shaoxing-Reiswein
1 TL Zucker
3–4 frische rote Vogelaugen-Chillies, fein gehackt
etwas Hühnerbrühe, nach Bedarf
1 EL fein gehackte Frühlingszwiebeln

Zubereitung

1 Das Öl im vorgeheizten Wok erhitzen. Knoblauch und Ingwer darin etwa 1 Minute schwenken, bis sie zu duften beginnen. Die schwarzen Bohnen einrühren. Die Muscheln zugeben und 1 Minute pfannenrühren. Sojasauce, Reiswein, Zucker und Chillies unterrühren.

2 Die Hitze reduzieren und alles 2 Minuten köcheln lassen. Falls nötig, etwas Brühe zufügen. Die Frühlingszwiebeln unterrühren und sofort servieren.

Tintenfischringe mit grüner Paprika

Zutaten

FÜR 4 PERSONEN

450 g Tintenfischringe

2 EL Mehl

1/2 TL Salz

1 grüne Paprika

2 EL Erdnussöl

1 rote Zwiebel, in Ringen

160 g schwarze Bohnenpaste

Zubereitung

1 Die Tintenfischringe unter fließendem Wasser säubern und mit Küchenpapier trocken tupfen.

2 Mehl und Salz in eine Schale geben und vermengen. Tintenfischringe gründlich in der Mischung wenden.

3 Die Paprika entkernen und mit einem scharfen Messer in schmale Streifen schneiden.

4 Das Erdnussöl in einem großen, vorgewärmten Wok erhitzen. Paprika und Zwiebel hineingeben, ca. 2 Minuten pfannenrühren, bis das Gemüse fast gar ist.

5 Die Tintenfischringe in den Wok geben und 5 Minuten weiterrühren, bis der Tintenfisch gar ist.

6 Schwarze Bohnenpaste zufügen und bis zum Aufkochen erhitzen. Dann auf vorgewärmte Schalen verteilen und sofort servieren.

Mildes Tintenfisch-Chili

Zutaten

FÜR 4 PERSONEN

1 EL Sesamsaat
2 EL Sesamöl
280 g Tintenfischtuben, in Ringe geschnitten
2 rote Paprika, in feine Streifen geschnitten
3 Schalotten, in feine Ringe geschnitten
80 g Pilze, in feine Scheiben geschnitten
1 EL trockener Sherry
4 EL Sojasauce
1 TL Zucker
1 TL scharfe Chiliflocken
1 Knoblauchzehe, zerdrückt
1 TL Sesamöl
frisch gegarter Reis, zum Servieren

Zubereitung

1 Die Sesamsaat in einer großen Pfanne unter gelegentlichem Rütteln trocken rösten, bis sie zu bräunen beginnen. Aus der Pfanne nehmen. 1 Esslöffel Öl bei mittlerer Hitze in der Pfanne erhitzen. Die Tintenfischringe hineingeben und 2 Minuten braten. Aus der Pfanne nehmen.

2 Das restliche Öl in die Pfanne geben und Paprika und Schalotten bei mittlerer Hitze 1 Minute andünsten. Die Pilze zugeben und weitere 2 Minuten garen.

3 Den Tintenfisch wieder in die Pfanne geben, ebenso wie Sherry, Sojasauce, Zucker, Chiliflocken und Knoblauch. Die Zutaten sorgfältig vermengen und weitere 2 Minuten garen.

4 Mit dem gerösteten Sesam bestreuen und dem Sesamöl beträufeln. Gut vermengen. Auf einem Reisbett servieren.